Leo Tolstoi

Patriotismus und Christentum

Leo Tolstoi

Patriotismus und Christentum

ISBN/EAN: 9783741150005

Hergestellt in Europa, USA, Kanada, Australien, Japan

Cover: Foto ©Andreas Hilbeck / pixelio.de

Leo Tolstoi

Patriotismus und Christentum

Patriotismus und Christentum.

Graf Leo Tolstoi.

Patriotismus

und

Christentum.

Deutsch von Adele Berger.

Berlin SW.
—— Verlag Hugo Steinitz. — —
1894.

Vorwort.

Die französisch-russischen Festlichkeiten, die im vorigen Oktober in Frankreich stattfanden, haben mich — und zweifellos auch andere — zuerst belustigt, dann erstaunt und zuletzt empört. Ich wollte diese Gefühle in einem kurzen Zeitungsartikel zum Ausbruck bringen, aber während ich die Haupturfachen des Geschehenen näher studierte, kam ich zu den Reflexionen, die ich hiermit dem Leser vorlege.

I.

Ruſſen und Franzoſen kennen einander ſeit
vielen Jahrhunderten, wobei ſie manchmal
in freundliche, öfter leider auf Antrieb ihrer Regierungen in ſehr unfreundliche Beziehungen zu
einander traten. Plötzlich geſchah etwas Seltſames.
Weil vor zwei Jahren ein franzöſiſches Geſchwader
nach Kronſtadt kam, beſſen Offiziere nach ihrer
Landung viel aßen und tranken und dabei viele
falſche und thörichte Reden hörten und hielten
und weil voriges Jahr ein ruſſiſches Geſchwader
in Toulon erſchien, beſſen Offiziere, in Paris an-
gekommen, ebenfalls reichlich aßen und tranken und
noch eine größere Menge alberner und unwahrer
Reden anhörten und hielten — ja, einzig und allein

aus diesem Grunde bildeten sich nicht nur die, die aßen, tranken und sprachen, sondern jeder, der diesen Festen beigewohnt, und selbst solche, die von diesen Vorgängen bloß hörten oder in der Zeitung lasen — kurz, Millionen Franzosen und Russen, plötzlich ein, daß sie auf ganz besondere Weise in einander verliebt seien, das heißt, daß alle Franzosen alle Russen und alle Russen alle Franzosen lieben.

Diese Gefühle kamen in Frankreich durch die Vorgänge im Oktober in ganz unerhörter Weise zum Ausdruck.

Im „Sjelsky Wjestnik",*) einem Blatte, das seine Informationen der Tagespresse entnimmt, erschien die folgende Beschreibung dieser Vorgänge:

„Als das französische und russische Geschwader zusammentraf, begrüßten sie einander mit Kanonen-schüssen, feurigen „Hurrahs" und mit den begeisterten Rufen: „Es lebe Rußland!" „Es lebe Frank-reich!"

In dieses Freudengeschrei mischten sich die Klänge zahlreicher Musikkapellen (auch die meisten Privatdampfer führten solche mit sich), die „Das Leben für den Zar" und die „Marseillaise" spielten. Das Publikum auf den Dampfern schwenkte Hüte,

---

*) Dorfboten.

Fahnen, Taschentücher und Blumensträuße; viele Boote waren ganz mit Männern und Frauen der arbeitenden Klasse und ihren Kindern besetzt, die Bouquets in den Händen hielten und mit aller Macht „Es lebe Rußland!" schrieen. Angesichts einer solchen nationalen Begeisterung konnten unsere Seeleute die Thränen nicht zurückhalten.

Im Hafen waren alle französischen Kriegsschiffe in zwei Divisionen aufgefahren, und unsere Flotte, das Admiralsschiff an der Spitze, fuhr zwischen ihnen durch. Das war ein prächtiger Moment.

Das russische Flaggenschiff gab zu Ehren der französischen Flotte einen Salut von fünfzehn Schüssen ab, und das französische Flaggenschiff antwortete mit dreißig. Auf den französischen Schiffen ertönte die russische Nationalhymne; französische Matrosen kletterten auf Maste und Takelwerk, ununterbrochen ertönte lautes Willkommgeschrei. Die Matrosen schwenkten zu Ehren der lieben Gäste die Mützen, die Zuschauer Hüte und Taschentücher. Überall, auf See und am Strande erdröhnte der Ruf: „Es lebe Rußland!" „Es lebe Frankreich!"

Wie es bei Besuchen der Marine Brauch ist, gingen Admiral Avellan und die Offiziere seines Stabes ans Land, um den Lokalbehörden ihre Ehrerbietung zu bezeugen.

Auf dem Landungsplatze wurden sie von dem französischen Marinestab und den Oberbeamten des Touloner Hafens empfangen, und unter Kanonen-donner und Glockengeläute erfolgte eine freundschaft-liche Begrüßung. Die Marinekapelle spielte die russische Nationalhymne, die mit einem brausenden „Es lebe der Zar!" „Es lebe Rußland!" auf-genommen ward.

Das Geschrei schwoll zu einem mächtigen Ge-töse an, das die Musik und selbst die Kanonen überläubte. Die Zeugen dieser Scene erklären, daß die Begeisterung der riesigen Menschenmenge in diesem Moment den höchsten Grad erreichte, und daß es unmöglich wäre, in Worten die Gefühle aus-zusprechen, die die Herzen aller Anwesenden über-fluteten.

Admiral Avellan, unbedeckten Hauptes und be-gleitet von den französischen und russischen Offizieren, fuhr hierauf in das Gebäude der Marineabministration, wo er von dem französischen Marineminister em-pfangen wurde.

Bei der Bewillkommnung des Admirals sagte der Minister: „Kronstadt und Toulon waren jedes einzeln Zeugen der Sympathie, die zwischen dem französischen und dem russischen Volke besteht. Sie werden überall als Freunde empfangen werden. Die Regierung und ganz Frankreich begrüßt Sie und Ihre Kameraden bei Ihrer Ankunft als die Vertreter einer großen und ehrenhaften Nation."

Der Admiral antwortete, daß er keine Worte finden könne, um seine Gefühle auszudrücken. „Die russische Flotte und ganz Rußland werden Ihnen für diesen Empfang dankbar sein," fügte er hinzu.

Nach einigen weiteren Worten dankte der Admiral, indem er sich von dem Minister verabschiedete, abermals für den Empfang und fügte hinzu: „Ich kann mich nicht entfernen, ohne die Worte auszusprechen, die im Herzen eines jeden Russen geschrieben stehen: „Es lebe Frankreich!"")

Das war der Empfang in Toulon. In Paris war die Bewillkommnung noch außerordentlicher.

Das Folgende ist eine den Zeitungen entnommene Beschreibung des Pariser Empfanges:

„Aller Augen sind nach dem Boulevard des Italiens gerichtet, wo die russischen Seeleute zum Vorschein kommen sollen. Endlich wird in der Ferne das Gebrause eines wahren Orkanes von Geschrei und Hurrahs gehört. Der Orkan nähert sich. Die Menge wogt auf den Platz. Die Polizei drängt zurück, um den Weg zum Cerclo Militairo freizuhalten, aber die Aufgabe ist keine leichte. Es herrscht ein unglaubliches Gedränge. Endlich er-

---

*) „Cjelóy Wjestnik", 1893, Nr. 41.

scheint die Spitze des Zuges, und im selben Moment erhebt sich ein betäubendes Geschrei: „Es lebe Rußland!“ „Es leben die Russen!“

„Alles zieht den Hut; die Fenster und Balkone, sogar die Dächer sind mit Zuschauern bedeckt, die Taschentücher, Fahnen, Hüte schwenken, enthusiastisch jubeln und aus den oberen Fenstern Wolken trikolorer Kokarden herabwerfen. Ein Meer von Taschentüchern, Hüten und Fahnen wogt über den Köpfen der Menge, die aus hunderttausend Kehlen rasend „Es lebe Rußland!“ schreit, den lieben Gästen die Hände entgegenstreckt und auf jede nur mögliche Art und Weise ihre Begeisterung auszudrücken sucht.“

Ein anderer Korrespondent schreibt, daß das Entzücken der Menge einem Delirium glich. Ein russischer Journalist, der sich zur Zeit in Paris befand, beschreibt den Einzug der russischen Offiziere folgendermaßen:

„In der That, das war ein Ereignis von universaler Bedeutung, erstaunlich, zu Thränen rührend, herzerhebend — ein Ereignis, das die Seele mit einem Schauer jener Liebe durchrieselte, die in allen Menschen Brüder sieht, die Blut vergießen und gewaltsame Einverleibungen haßt, durch die Kinder der liebenden Mutter entrissen werden. Ich habe mich während der letzten Stunden in einer Art von

Betäubung befunden. Es war ein fast überwältigend
seltsames Gefühl, auf dem Lyoner Bahnhof unter
den Vertretern der französischen Regierung in ihren
goldgestickten Uniformen, unter den Munizipal-
behörden in voller Gala zu stehen und Rufe „Es
lebe Rußland!" „Es lebe der Zar!" und immer
wieder unsern Nationalgesang zu hören.

„Wo bin ich? dachte ich, was ist geschehen?
Was für eine magische Strömung hat all diese
Gefühle, diese Bestrebungen in einen Strom zu-
sammengeführt? Ist das nicht die sichtbare Gegenwart des Gottes der Liebe und Brüderlichkeit, die
Gegenwart des höchsten Ideals, das in seinen
erhabensten Momenten zu den Menschen herab-
steigt?

Meine Seele ist so voll von etwas Schönem,
Reinem und Erhabenem, daß meine Feder es nicht
auszudrücken vermag. Worte sind zu schwach
im Vergleich zu dem, was ich sah und fühlte.
Es war nicht Entzücken — dies Wort ist zu all-
täglich — es war etwas Besseres, etwas Tieferes,
Froheres, Mannigfaltigeres. Unmöglich läßt sich
beschreiben, was vor sich ging, als Admiral
Avellan auf dem Balkon des Cerclo Militaire er-
schien. Worte vermögen hier nichts. Während des
„To Deum", während der Chor in der Kirche
„O Herr, rette Dein Volk" sang, schlugen die

triumphierenden Klänge der „Marseillaise", von
Fanfaren exekutiert, von der Straße zur offenen
Kirchenthür herein.

„Das rief einen unbeschreiblichen Eindruck
hervor."*)

––––––––

II.

Nach der Ankunft in Frankreich gerieten die russischen Seeleute während voller vierzehn Tage aus einer Festlichkeit in die andere; während oder nach einer jeden aßen, tranken oder hielten sie Reden. Der Telegraph aber übermittelte ganz Rußland Bericht, wo und was sie Mittwoch und wo und was sie Freitag aßen und tranken, und was sie bei diesen Gelegenheiten sprachen.

So oft einer der russischen Kommandanten auf das Wohl Frankreichs trank, wurde es der ganzen Welt bekannt gemacht, und jedesmal, wenn der russische Admiral sagte: „Ich trinke auf das schöne Frankreich", wurde das Universum davon sofort benachrichtigt. Der Eifer der Zeitungen war jedoch derart, daß sie nicht bloß die Toaste verewigten, sondern auch die Gerichte, und nicht einmal die hors-d'oeuvres oder Imbisse ausließen.

So veröffentlichte ein Blatt das folgende Menu, mit dem Kommentar, daß das Diner ein Kunstwerk gewesen sei:

„Consommé de volaille; petits pâtés.
Mousse de homard parisienne.
Noisette de boeuf à la Béarnaise.
Faisans à la Périgord.
Casseroles de truffes au champagne.
Chaudfroids de volaille à la Toulouse.
Salade russe.
Croûte de fruits toulonnaise.
Parfaits à l'ananas.
Desserts."

In der nächsten Nummer stand zu lesen: „Das Diner gab dem vorhergehenden nichts nach. Das Menu lautete:

„Potage livonien et Saint-Germain.
Zéphyrs Nantua.
Esturgeon braisé moldave.
Selle de daguet grand veneur, etc. etc."

Und die nächste Ausgabe enthielt ein drittes Menu, gefolgt von einer eingehenden Beschreibung der Weinkarte — der und der Liqueur, der und der Burgunder, Grand Moët ꝛc.

In einem englischen Blatte wurde die Menge der während der Festlichkeiten ausgetrunkenen berauschenden Liqueure angegeben. Sie war so ungeheuer, daß man kaum glauben kann, daß alle Trunkenbolde von Frankreich und Rußland in so kurzer Zeit so viel bewältigen könnten.

Die gehaltenen Reden wurden ebenfalls ver-

öffentlicht, aber die Menüs waren mannigfaltiger
als die Reden. Die letzteren bestanden ohne Ausnahme immer aus denselben Worten in verschiebenen
Kombinationen. Der Sinn war immer derselbe:
„Wir lieben einander zärtlich und sind entzückt, so
zärtlich verliebt zu sein. Unser Ziel ist nicht Krieg,
nicht eine Revanche, nicht die Wiedereroberung der
verlorenen Provinzen; unser Ziel ist nur Friede,
die Förderung des Friedens, die Sicherheit des
Friedens, die Ruhe und der Friede Europas. Es
lebe der russische Kaiser und die russische
Kaiserin! Wir lieben sie und lieben den Frieden.
Es lebe der Präsident der Republik und seine
Gattin! Wir lieben sie und lieben den Frieden. Es
lebe Rußland, Frankreich, deren Flotte und deren
Armee! Wir lieben die Armee, aber auch den Frieden
und den Kommandanten der russischen Flotte.“
Die Reden schlossen regelmäßig, wie irgend
ein populäres Couplet, mit dem Refrain: „Toulon-
Kronstadt“ oder „Kronstadt-Toulon“. Die Namen
dieser Städte, wo so viele verschiedene Gerichte
gegessen und so viele Weine getrunken worden
waren, wurden wie Worte ausgesprochen, die die
Vertreter einer jeden Nation zu den edelsten Thaten
antreiben sollten — wie Worte, die keinen Kommentar erfordern, da sie an und für sich einen
tiefen Sinn besitzen.

2

„Wir lieben einander, wir lieben den Frieden, Kronstadt - Toulon!" Was braucht man diesen Worten noch hinzuzufügen, besonders wenn dabei gleichzeitig zwei Nationalhymnen erklingen — die eine den Zar preisend und alles mögliche Glück auf ihn herabflehend, die andere alle Zaren verfluchend und ihnen Vernichtung weissagend?

Jene, welche ihre Liebesgefühle bei diesen Gelegenheiten besonders gut zum Ausdruck brachten, erhielten Orden und Belohnungen. Andere, die sich wahrscheinlich das Übermaß der Gefühle zu nutze machten,. wurden mit den seltsamsten und unerwartetsten Gegenständen beschenkt. Eine französische Provinz beschenkte den Zar mit einem golbenen Buche, in dem, wie es scheint, nichts oder wenigstens nichts von Bedeutung steht, und der russische Admiral erhielt einen blumenbedeckten Aluminiumpflug und noch viele andere ebenso erstaunliche Kleinigkeiten.

Diese sonderbaren Handlungen wurden von noch sonderbareren religiösen Ceremonien begleitet, deren sich, sollte man meinen, die Franzosen schon längst entwöhnt haben müßten.

Seit der Zeit des Konkordats sind schwerlich so viele Gebete gesprochen worden wie während dieser kurzen Zeit. Alle Franzosen wurden plötzlich sehr religiös und brachten in den Zimmern der

russischen Seeleute sorgfältig dieselben Bilder an,
die sie kurze Zeit vorher ebenso sorgfältig als schäd-
liche Werkzeuge des Aberglaubens aus ihren Schulen
entfernt hatten.

Es wurde unaufhörlich gebetet; die Karbinäle
und Bischöfe veranstalteten überall Andachten und
hielten selbst die seltsamsten ab. So wandte sich
ein Bischof in Toulon nach dem Stapellaufe eines
Panzerschiffes an den Gott des Friedens, gab aber
gleichzeitig zu verstehen, daß er im Notfalle ebenso be-
reitwillig mit dem Gotte des Krieges verkehren würde:

„Was sein Schicksal sein wird, weiß nur Gott,"
sagte der Bischof, von dem Schiffe sprechend. „Wird
es aus seinem schrecklichen Leibe Tod aussprühen?
Das weiß niemand. Aber wenn wir, nachdem wir
heute zum Gotte des Friedens gebetet haben, später
einmal zum Gotte des Krieges werden beten müssen,
so können wir sicher sein, daß es gegen den Feind
in einer Reihe mit den mächtigen Schiffen vorrücken
wird, deren Mannschaft heute in einen so nahen und
brüderlichen Bund mit uns getreten ist. Möge ihm
aber diese Zukunft nie beschieden sein! Möge dieses
Fest nichts als friedliche Erinnerungen zurücklassen,
wie die Erinnerung an den Großfürsten Constantin!
(Constantin Nikolajewitsch besuchte Toulon im
Jahre 1857). Möge die Freundschaft Frankreichs
und Rußlands diese beiden Nationen zu Hütern
des Friedens machen!"

Zu derselben Zeit flogen zehntausende von
Telegrammen von Rußland nach Frankreich und
von Frankreich nach Rußland; die Frauen Frankreichs beglückwünschten die Frauen Rußlands und
diese drückten ihren Dank aus. Eine russische Schau-
spielertruppe begrüßte französische Schauspieler; die
französischen Schauspieler antworteten, daß sie die
Begrüßung ihrer russischen Kameraden tief im Herzen
tragen würden. Russische Rechtsstudenten in irgend
einer russischen Stadt drückten der französischen
Nation ihre Begeisterung aus. General so und so
dankte Frau so und so. Frau so und so versicherte
General so und so der Inbrunst ihrer Gefühle
für die russische Nation. Russische Kinder schickten
Grüße in Versen an französische Kinder; die französischen Kinder antworteten in Versen und Prosa.
Der russische Unterrichtsminister versicherte den
französischen Unterrichtsminister der plötzlichen
Freundschaft für Frankreich, die in allen Kindern,
Beamten und Gelehrten seines Departements ent-
standen sei. Die Mitglieder des Tierschutzvereins
sprachen ihre warme Zuneigung für die Franzosen
aus. Die Munizipalität von Kasan that dasselbe.

Der Canonicus von Arrare übermittelte dem
Protopopen des kaiserlichen Hofes die Ver-
sicherung, daß im Herzen aller französischen Kar-
dinäle und Bischöfe eine tiefe Liebe für Seine

Kaiserliche Majestät den Kaiser und die ganze
Kaiserliche Familie bestehe, daß die französische und
russische Geistlichkeit beinahe denselben Glauben habe
und gemeinsam die heilige Jungfrau verehre.
Darauf antwortete der Protopope, daß die Gebete
des französischen Klerus für die Kaiserliche Familie
im Herzen des russischen Volkes, das voller Liebe
an dem Zar hänge, ein freudiges Echo finde und
daß Frankreich, da die russische Nation die heilige
Jungfrau ebenfalls verehre, im Leben und im Tode
auf dieselbe zählen könne.

Generale, Telegraphenbeamte und Handels-
leute wurden von denselben Gefühlen beseelt. Alle
Welt beglückwünschte und dankte einander.

Die Erregung war so groß, daß die außer-
ordentlichsten Dinge geschahen, ohne daß jemand
deren Sonderbarkeit bemerkte. Im Gegenteil, jeder
billigte sie, war von ihnen entzückt und beeilte sich,
etwas Ähnliches zu thun, um von den übrigen nicht
übertroffen zu werden.

Wenn manchmal Proteste gegen diesen Wahnwitz
erhoben wurden und dessen Unvernunft bewiesen,
wurden sie entweder verlöscht oder verheimlicht.*)

---

*) So ist mir der folgende Protest bekannt, den russische
Studenten verfaßten und nach Paris schickten, der aber von keinem
der Blätter accepiiert wurde.
Offener Brief an die französischen Studenten.
Vor kurzer Zeit hat sich eine kleine Verkörperung russischer

Abgesehen von der bei diesen Festlichkeiten ver-
schwendeten Zeit, der unmäßigen Trinkgelage, von
denen sich selbst die Kommandanten nicht ausschlossen,
der Sinnlosigkeit der gehaltenen Reden, wurden
auch ganz wahnsinnige und tolle Handlungen be-
gangen, ohne daß jemand ihnen Aufmerksamkeit
schenkte.

So zum Beispiel wurden eine Menge Leute

Studenten, von ihren Inspektoren angeführt, erkühnt, im Namen
der Universität über die Touloner Festlichkeiten zu sprechen.

Wir, die Vertreter des „Landsleutebundes" protestieren
hiermit nachdrücklich gegen die Anmaßung dieser Körperschaft und
im wesentlichen gegen den Austausch der Begrüßungen, der
zwischen ihnen und den französischen Studenten stattfand. Auch
wir betrachten Frankreich mit warmer Liebe und tiefem Respekt,
aber wir thun dies, weil wir in ihm eine große Nation sehen,
die in der Vergangenheit immer der Herold und Verkünder
der höchsten Ideale der Freiheit, Gleichheit und Brüderlichkeit
der ganzen Welt war, und auch als erste kühn versuchte, diese
hohen Ideale zu verkörpern.

Der bessere Teil der russischen Jugend war immer bereit,
Frankreich als den ersten Kämpfer für eine höhere Zukunft der
Menschheit zu acklamieren, aber wir halten Festlichkeiten, wie die
von Toulon, nicht für passende Gelegenheiten für solche Begrüßungen.

Im Gegenteile, diese Empfänge repräsentieren einen
traurigen, aber hoffentlich nur vorübergehenden Zustand: den
Verrat Frankreichs an seiner großen historischen Rolle in der
Vergangenheit. Das Land, welches einst die ganze Welt einlud,
die Ketten des Despotismus zu brechen und jeder Nation, die
sich empören wollte um ihre Freiheit zu erlangen, seine brüder-
liche Hilfe anbot, zündet jetzt Weihrauch vor der russischen Regierung an, die systematisch das normale organische Wachstum

erbrückt und niemand hielt es für notwendig, diese Thatsache zu berichten.

Ein Korrespondent erzählt, er habe auf einem Balle erfahren, daß es in Paris kaum eine Frau gab, die nicht bereit gewesen wäre, ihre Pflichten zu vergessen, um die Wünsche eines der russischen Seeleute zu befriedigen. Und all' dies ging wie etwas ganz Selbstverständliches unbemerkt vorüber.

Die Erregung förderte auch einige Fälle un-

eines Volkslebens hindert und erbarmungslos, ohne Bedenken, jedes Streben der russischen Gesellschaft nach Licht, Freiheit und Unabhängigkeit erstickt. Die Touloner Manifestationen sind ein Akt in dem Drama des Antagonismus zwischen Frankreich und Deutschland, den Bismarck und Napoleon III. gegründet haben. Dieser Antagonismus hält heute ganz Europa unter Waffen und erteilt das entscheidende Votum in Europa dem russischen Despotismus, der immer die feste Stütze all dessen gewesen ist, was willkürlich und der Freiheit feindlich war, die Stütze der Tyrannen gegen die Tyrannisierten.

Ein Gefühl des Schmerzes für unser Land, des Bedauerns über die Blindheit eines so großen Teiles der französischen Gesellschaft sind die Gefühle, die diese Festlichkeiten in uns hervorrufen. Wir sind überzeugt, daß die jüngere Generation Frankreichs vom nationalen Chauvinismus nicht verlockt wird und daß sie immer bereit ist, für den besseren sozialen Zustand, dem sich die Gesellschaft nähert, zu kämpfen, und wissen wird, wie sie die jetzigen Ereignisse auszulegen, überhaupt welche Stellung sie ihnen gegenüber einzunehmen hat. Wir hoffen, daß unser entschiedener Protest in dem Herzen der französischen Jugend ein Echo finden wird. —"

(Unterzeichnet). Der versammelte Rat des „Bundes von 24 Landsmannschaften" an der Moskauer Universität.

verkennbaren Wahnsinns zu Tage. So erwartete
eine Frau, nachdem sie ein in den Farben der
französisch - russischen Fahnen zusammengestelltes
Kleid angelegt hatte, die Ankunft der russischen
Seeleute, warf sich in den Fluß und ertrank.

Im allgemeinen spielten die Frauen bei all'
diesen Gelegenheiten eine hervorragendere Rolle als
die Männer, leiteten dieselben sogar. Die Fran-
zösinnen gaben sich nicht nur mit dem Zuwerfen
von Blumen, verschiedenen Bändern, dem Überreichen von Geschenken und Adressen zufrieden,
sondern warfen sich auf der Straße in die Arme
der russischen Seeleute und küßten sie.

Einige Frauen brachten ihre Kinder zum
Küssen herbei und wenn die russischen Seeleute
diese Bitte erfüllt hatten, waren alle Anwesenden
von Freude hingerissen und vergossen Thränen.

Diese seltsame Erregung war so ansteckend,
daß, wie ein Korrespondent erzählt, ein russischer
Matrose, der vollkommen gesund zu sein schien,
mitten am Tage über Bord sprang und mit dem
Rufe: „Es lebe Frankreich!" herumschwamm. Als
man ihn aus dem Wasser zog und über sein Benehmen befragte, antwortete er, er habe geschworen,
zur Verherrlichung Frankreichs rings um sein Schiff
zu schwimmen.

So wuchs die Erregung wie ein rollender

Schneeball und nahm zuletzt solche Dimensionen an,
daß nicht nur die auf dem Platz befindlichen oder
nervös veranlagte Personen, sondern starke, gesunde
Männer von der allgemeinen Strömung ergriffen
und in einen abnormalen geistigen Zustand versetzt
wurden. Ich erinnere mich sogar, daß ich selbst,
als ich zerstreut eine Beschreibung dieser Festlichkeiten las, derart von heftiger Bewegung überwältigt
wurde, daß ich in Thränen ausbrach und nur mit
Anstrengung meine Gefühle beherrschte.

III.

Ein Profeſſor der Pſychologie, namens Sikorsky, hat in den „Annalen" der Kiewer Univerſität eine geiſtige Epidemie beſprochen, die er im Diſtrikte Waſſilkow ſtudiert hatte und „Malavanchina" nannte. Das Symptom dieſer Krankheit war nach Sikorsky die Überzeugung der unter dem Einfluſſe eines gewiſſen Malevani ſtehenden Bauern, daß das Ende der Welt nahe ſei. Infolgedeſſen begannen ſie ihre Lebensgewohnheiten zu ändern, über ihren Beſitz zu verfügen, ihre Kleider zu ſchmücken und auf das Beſte zu eſſen und trinken. Der Profeſſor hielt dieſen Zuſtand für abnormal; er ſagte: „Ihre auffallend gute Laune erreichte oft einen Zuſtand der Exaltation und zwar aus keinem augenſcheinlichen Grunde. Sie waren ſentimental, bis zum Übermaß höflich, geſchwätzig, hatten lebhafte Bewegungen, Thränen traten raſch in ihre Augen und verſchwanden ohne eine Spur zu hinterlaſſen. Sie verkauften das Notwendigſte, um Schirme, ſeidene Taſchentücher und ähnliche Artikel zu kaufen, die ſie zum Schmucke trugen, aßen eine Menge Süßig-

teilen, führten eine vollkommen müßige Lebensweise, besuchten einander und gingen zusammen spazieren. Schalt man sie wegen ihres Benehmens und wegen ihres Müßigganges, antworteten sie stets: „Wenn es mir gefällt, werde ich arbeiten, wenn es mir nicht gefällt, wozu mich dazu zwingen?"

Der gelehrte Professor hielt diesen Zustand für einen ausgesprochenen Fall von Psychopathie und schließt, indem er der Regierung empfiehlt, Maßregeln zur Verhinderung der Ausbreitung anzuwenden: „Diese Malevanchina ist der Aufschrei einer kranken Bevölkerung, ein Gebet um Befreiung von Trunkenheit und Verbesserung der sanitären und Unterrichtszustände."

Aber wenn die Malevanchina der Aufschrei einer kranken Bevölkerung nach Befreiung von der Trunkenheit und von verderblichen sozialen Zuständen ist, welch' furchtbarer Aufschrei eines kranken Volkes und welch' ein Flehen um Errettung von den Wirkungen des Weines und einer falschen sozialen Existenz ist die neue Krankheit, die mit so furchtbarer Plötzlichkeit in Paris auftrat und den größeren Teil der städtischen Bevölkerung Frankreichs und beinahe die gesamten Regierungskreise, die privilegierten und civilisierten Klassen Rußlands infizierte?

Zugegeben jedoch, daß in dem psychischen Zustande der Malevanchina eine Gefahr existierte

und die Regierung wohl daran that, dem Rate
des Professors zu folgen, indem sie einige Führer der
Malevanchina in Irrenanstalten und Klöstern unter-
brachte, andere hingegen in ferne Länder verbannte —
um wieviel gefährlicher muß uns diese neue Epidemie
erscheinen, die in Toulon und Paris auftrat und sich
von dort durch Rußland und Frankreich verbreitete?
Um wie viel notwendiger ist es, daß, im Falle die
Regierung sich nicht einmischen will, die Gesellschaft
entscheidende Maßregeln trifft, um die Ausbreitung
der Epidemie zu verhindern!

Die Analogie zwischen beiden Krankheiten ist
eine vollkommene.

Dieselbe auffallend gute Laune, die in eine
vage und freudige Ekstase übergeht, dieselbe über-
triebene Höflichkeit, Geschwätzigkeit, das gerührte
Weinen, für dessen Beginnen und Aufhören kein
Grund vorliegt; dieselbe festliche Stimmung, dasselbe Spazierengehen und Besuchen; dieselbe Vorliebe
für prächtige Kleider, dieselben unklaren und ziel-
losen Reden, dasselbe Singen und Musizieren, dieselbe dominierende Stellung der Frauen, derselbe
clownhafte Zustand der attitudes passionnées, den
Sikorsky beobachtete, und der, wie ich glaube mit
den verschiedenen, unnatürlichen physischen Attituden
übereinstimmt, die viele Leute bei Empfängen und
bei den Trinksprüchen der Diners annehmen.

Die Ähnlichkeit ist vollständig; der Unterschied, ein ungeheurer für die Gesellschaft, in der diese Dinge stattfinden, besteht bloß darin, daß in dem einen Falle ein paar hundert armer Bauern ihren Verstand verloren haben, Leute, die von ihrem eigenen kleinen Verdienste leben, ihren Nachbarn keine Gewalt anthun und andere bloß durch die Schilderung ihres Zustandes anstecken können, während im anderen Falle Millionen von Menschen den Verstand verloren haben, die ungeheure Summen Geldes und ungeheure Machtmittel, Flinten, Kanonen, Festungen, Panzerschiffe, Melinit, Dynamit besitzen und außerdem die wirksamsten Mittel zur Verbreitung ihres Wahnwitzes zur Verfügung haben wie Post, Telegraph, Telephon, die gesamte Presse und alle Arten von Zeitschriften, die die Ansteckung mit größtmöglichster Eile in der ganzen Welt verbreiten.

Ein anderer Unterschied besteht darin, daß erstere nicht nur nüchtern bleiben, sondern sich von allen berauschenden Getränken fernhalten, während sich letztere beständig in einem Zustande der Halbtrunkenheit befinden.

Aus diesen Gründen ist zwischen den beiden Gesellschaften, in der solche Epidemien stattfinden, zwischen der von Kiew, wo nach Sikorsky keine Gewaltthat, kein Totschlag vorkommt und der von Paris, wo bei einem Aufzuge mehr als zwanzig Frauen erdrückt wurden, ein Unterschied, wie zwischen dem Fallen eines kleinen glühenden Kohlenstückchens aus dem Herde auf den Fußboden und dem Feuer, das bereits von den Fußboden und Wänden des Hauses Besitz ergriffen hat.

Das schlimmste Resultat des Ausbruches in Kiew wird sein, daß die Bauern eines millionsten Teiles von Rußland den Ertrag ihrer Mühe ausgeben und die Steuer nicht werden zahlen können. Aber der Ausbruch von Paris und Toulon, der Menschen ergriffen hat, die ungeheure Summen Geldes, die größte Macht, Waffen und Mittel zur Ausbreitung ihres Wahnsinnes besitzen, kann und muß einen furchtbaren Ausgang nehmen. —

IV.

Man kann dem Gefasel eines schwachen, alten unbewaffneten Idioten in Nachtmütze und Schlafrock mitleidig zuhören, ohne ihm zu widersprechen, und ihm sogar aus Gutmütigkeit beistimmen. Wenn jedoch eine Menge kräftiger Irrsinniger, bis an die Zähne mit Messern, Schwertern und Revolvern bewaffnet, wild vor Aufregung ihre mörderischen Waffen schwenkend, aus ihren Zellen hervorbricht, da hört man nicht nur auf, ihnen zuzustimmen, sondern man ist nicht imstande, sich einen Moment sicher zu fühlen.

Ein solcher Zustand höchster Erregung wurde durch die französisch-russischen Empfänge hervorgerufen und hat die ganze russische und französische Gesellschaft ergriffen. Aber diejenigen, welche dieser geistigen Epidemie erlagen, gebieten über die schrecklichsten Waffen des Mordes und der Zerstörung.

Freilich wurde in allen zur Verherrlichung dieser Festlichkeiten gehaltenen Reden und in allen darüber geschriebenen Artikeln beständig verkündet,

daß diese Festlichkeiten kein anderes Ziel hätten,
als die Sicherstellung des Friedens; selbst die An-
hänger des Krieges, darunter der vorher citierte
Korrespondent, sprechen nichts von Haß gegen die
Eroberer der verlorenen Provinzen, sondern von
einer „Liebe, die haßt“.

Die Schlauheit der Geisteskranken ist jedoch
bekannt, und wir können begreifen, gerade daß die
fortwährende Wiederholung des Wunsches nach Frieden und dieses Schweigen über die wahren Gefühle
eines jeden ein höchst bedenkliches Phänomen ist.

Der russische Gesandte sagte in seiner Rede
beim Diner im Elysée:

„Ehe ich einen Toast ausbringe, der nicht nur
in diesen Wänden ein Echo finden wird, sondern in
der tiefsten Seele aller, deren Herzen, fern oder
nahe, in dem großen, schönen Frankreich wie in
Rußland, in diesem Moment im Einklang mit den
unseren klopfen — gestatten Sie mir, Ihnen den
Ausdruck tiefster Dankbarkeit für die Begrüßung
auszusprechen, die Sie dem vom Zaren zur Er-
widerung des Kronstädter Besuches abgesandten
Admiral boten. In der hohen Stellung, die Sie
einnehmen, drücken Ihre Worte die volle Bedeutung
der friedlichen Festlichkeiten aus, die mit solcher
Einigkeit, Loyalität und Aufrichtigkeit gefeiert
werden.“

Dieselbe grundlose Anspielung auf den Frieden ist in der Rede des französischen Präsidenten zu finden:

„Die Bande der Liebe, welche Rußland und Frankreich verbinden," sagte er, „und die vor zwei Jahren durch die erhebenden Manifestationen gestärkt wurden, deren Gegenstand unsere Flotte in Kronstadt war, werden täglich fester; der **ehrliche** Austausch unserer freundschaftlichen Gefühle muß alle jene begeistern, denen die Wohlfahrt des **Friedens**, der Sicherheit und des gegenseitigen Vertrauens am Herzen liegt 2c." —

In beiden Reden wird grundlos, unerwartet und ohne jede Gelegenheit auf die Wohlthaten des Friedens und die friedlichen Festlichkeiten hingewiesen.

Dasselbe läßt sich in dem Austausch der Telegramme zwischen dem russischen Kaiser und französischen Präsidenten bemerken.

Der Kaiser telegraphierte:

„In dem Momente, wo die russische Flotte Frankreich verläßt, ist es Mein inniger Wunsch, Ihnen auszusprechen, wie gerührt Ich über den prächtigen und warmen Empfang bin, den Meine Marine überall auf französischem Boden gefunden hat. Die Beweise warmer Sympathie, die abermals so beredt an den Tag gelegt wurden, werden ein frisches

Band zu jenen hinzufügen, die beide Länder verbinden, und werden, wie Ich hoffe, zu der Befestigung des allgemeinen **Frieden** beitragen, der das Ziel Unserer beharrlichen Anstrengungen und Wünsche ist."

Der französische Präsident antwortete:

„Das Telegramm, für das ich Eurer Majestät danke, erreichte mich gerade, als ich im Begriffe war Toulon zu verlassen, um mich nach Paris zurückzubegeben. Die schöne Flotte, auf der ich die große Ehre hatte, die russische Flagge in französischen Gewässern begrüßen zu können, der herzliche und spontane Empfang, der Ihren braven Matrosen überall in Frankreich zu teil wurde, beweisen abermals die aufrichtige Sympathie, die unsere beiden Länder verbindet. Sie beweisen gleichzeitig ein tiefes Vertrauen zu dem wohlthätigen Einfluß, den zwei große, der Sache des **Friedens** ergebene Nationen ausüben können."

Beide Telegramme enthalten Anspielungen auf den Frieden, die mit dem Empfange der Matrosen nichts zu thun haben.

Es giebt keine einzige Rede, keinen einzigen Bericht, in dem nicht gesagt wird, daß das Ziel aller dieser Orgien der Friede Europas sei.

Bei einem von den Vertretern der französischen Litteratur gegebenen Diner atmete alles Friede. Herr

Zola, der kurze Zeit vorher geschrieben hatte, daß der Krieg unvermeidlich und sogar zweckdienlich sei, Herr von Vogué, der mehr als einmal dasselbe drucken ließ, sprachen keiner ein Wort von Krieg, sondern nur vom Frieden. Die parlamentarische Session wurde mit Reden über die vergangenen Festlichkeiten eröffnet, und alle Redner erwähnen, daß die Festlichkeiten eine Friedenserklärung für Europa sind.

Das ist so, wie wenn einer in eine friedliche Gesellschaft käme und energisch jeden zu versichern begänne, er habe nicht die geringste Absicht jemandem die Zähne einzuschlagen, die Augen auszukratzen oder die Arme zu brechen, sondern, daß er den Abend auf die friedlichste Weise verleben wolle.

„Es zweifelt ja niemand daran," hat man Lust zu sagen, „wenn Sie wirklich solch' böse Absichten haben, dann erwähnen Sie sie wenigstens nicht."

In vielen Berichten drückt sich offen eine naive Befriedigung aus, daß während der ganzen Zeit niemand auf das anspielte, was wie durch stillschweigende Übereinkunft nicht ausgesprochen werden sollte. Nur ein Unvorsichtiger, den die Polizei übrigens sofort entfernte, gab den Gedanken aller Ausdruck, indem er schrie: „Nieder mit Deutschland!"

In derselben Weise sind Kinder oft so bar-

über entzückt irgend einen Streich verbergen zu
können, daß gerade die gute Laune sie verrät.

In der Thal, warum sich so freuen, daß niemand
vom Kriege sprach, wo wir in Wirklichkeit nicht
daran denken?

———

V.

Niemand denkt an Krieg, aber es wird eine Milliarde für die Vorbereitungen dazu ausgegeben und in Frankreich und Rußland stehen Millionen unter Waffen.

Aber all' dies wird gethan, um den Frieden zu sichern: Si vis pacem, para bellum! L'Empire c'est la paix. La république, c'est la paix.

Allein wenn dies der Fall, warum werden die militärischen Vorteile einer französisch-russischen Allianz im Kriegsfalle mit Deutschland nicht nur in allen für die sogenannte gebildete Welt publizierten Blättern und Magazinen erklärt, sondern auch im „Cjelstij Wjestnik", einem von der russischen Regierung für das Volk herausgegebenen Blatte? Warum wird es diesem unglücklichen, von der eigenen Regierung betrogenen Volke eingeprägt, daß es nützlich für Rußland ist, in freundschaftlichen Beziehungen zu Frankreich zu stehen? „Denn wenn unerwarteter Weise die vorher erwähnten Staaten (Deutschland, Österreich, Italien) sich entschlössen, uns den Krieg zu erklären, würde obwohl Rußland imstande wäre mit Gottes Hilfe allein zu widerstehen und selbst eine so mächtige Allianz zu besiegen, die Aufgabe keine kleine sein, auch große Opfer und Verluste würde der Erfolg nach sich ziehen."[*])

Und warum wird in allen französischen Schulen Geschichte nach dem Leitfaden des Herrn Lavisse gelehrt (21. Auflage 1880), in welchem folgendes steht:

„Seit der Aufstand der Commune niedergeworfen ward, hat Frankreich keine Unruhen mehr gehabt. Am Tage nach dem Kriege nahm es die Arbeit wieder auf und zahlte Deutschland ohne Schwierigkeiten die ungeheure Kriegsentschädigung von 5 Milliarden.

Aber Frankreich verlor während des Krieges von 1870 seinen militärischen Ruhm, es verlor einen Teil seines Gebietes. Mehr als 1 500 000 Bewohner unserer Departements am Oberrhein, Unterrhein und an der Mosel, die gute Franzosen waren, sind gezwungen worden, Deutsche zu werden. Aber sie sind in ihr Schicksal nicht ergeben, sie hassen Deutschland und hoffen noch immer, daß sie einst wieder Franzosen werden können.

Deutschland schätzt jedoch seinen Sieg und ist

---

*) Cjelszy Wjesnik, 1898, No. 48.

ein großes Land, dessen Bewohner ihr Vaterland
aufrichtig lieben, dessen Soldaten tapfer und gut
discipliniert sind. Um das wieder zu erobern, was
Deutschland von uns genommen hat, müssen wir
gute Bürger und Soldaten sein; und damit aus
euch gute Soldaten werden, lehren euch eure Lehrer
die Geschichte Frankreichs.

Die Geschichte Frankreichs beweist, daß in
unserem Lande die Söhne immer das Unglück der
Väter gerächt haben.

Zur Zeit Karls VII. rächten die Franzosen
die Niederlage ihrer Väter bei Crecy, Poitiers und
Azincourt. An euch Knaben wird es sein die Niederlage eurer Väter bei Metz und Sedan zu rächen.

Das ist eure Pflicht, die große Pflicht eures
Lebens. Diese dürft ihr nie vergessen."

Am Fuße der Seite befindet sich eine Serie von
Fragen über den vorhergegangenen Paragraphen.

Die Fragen lauten:

„Was hat Frankreich verloren, indem es einen
Teil seines Territoriums verlor?"

„Wieviel Franzosen sind durch den Verlust
dieses Territoriums Deutsche geworden?"

„Lieben diese Franzosen Deutschland?"

„Was müssen wir thun, um eines Tages
wiederzuerobern, was Deutschland uns genommen
hat?"

Außerdem giebt es gewisse Reflexionen über Buch VII, in welchem es heißt, daß „die Kinder Frankreichs ihre Niederlage vom Jahre 1870 nicht vergessen dürfen, daß die Last dieser Erinnerung auf ihrem Herzen ruhen müsse, aber daß die Erinnerung sie nicht entmutigen dürfe, im Gegenteil, ihren Mut anfeuern müsse."

So wird, während in offiziellen Reden mit solchem Nachdruck vom Frieden gesprochen wird, hinter der Scene dem Volke, der aufsteigenden Generation, allen Franzosen und Russen die Gesetzlichkeit, der Nutzen und die Notwendigkeit des Krieges unaufhörlich gepredigt.

„Wir denken nicht an Krieg, wir wollen nur den Frieden sichern." Man hätte Lust zu fragen: „Que diable trompe-t-on ici?", wenn die Frage der Mühe wert und es nicht zu augenscheinlich wäre, wer der unglücklich Betrogene ist.

Der Betrogene ist immer und ewig das thörichte, arbeitende Volk, jenes Volk, das mit seinen schwieligen Händen all' diese Schiffe, Festungen, Arsenale, Baracken, Kanonen, Dampfer, Paläste, Hallen und Triumphbögen errichtet, das alle diese Bücher und Zeitungen druckt, das alle diese Fasanen, Fettlammern, Austern und Weine verschafft und transportiert, die von jenen gegessen und getrunken werden, die es ernährt, erzieht, erhält und die es zum Dank dafür betrügen und ihm das schlimmste Unheil vorbereiten; das gutmütige, alberne arbeitende Volk, das, die weißen, gesunden Zähne zeigend, sich kindisch und naiv über den Anblick der Generäle und Präsidenten in voller Gala, die über ihren Köpfen flatternden Fahnen, das Feuerwerk und die prächtige Musik freut. Aber ehe es sich umsieht, wird es keine Admirale, Präsidenten, Fahnen oder Musik mehr geben, sondern ein feuchtes, leeres Schlachtfeld, Kälte, Hunger und Schmerz — vorman der mörderische Feind, rückwärts erbarmungslose Offiziere, die die Flucht verhindern, Blut, Wunden, verwesende Körper und sinnloser, unnützer Tod.

Mittlerweile werden jene, die in Paris und Toulon so gefeiert wurden, nach einem guten Diner, neben sich Gläser mit teurem Wein und Cigarren, in einem warmen Zelte sitzen, auf einer Mappe die Stellen mit Stecknadeln markieren, auf denen eine gewisse Anzahl „Kanonenfutter" ausgebreitet werden soll — „Kanonenfutter", das aus demselben thörichten Volke besteht — um zuletzt diese oder jene Position zu erobern und ein kleines Stückchen Ordensband zu erringen.

VI

Aber daran denkt ja niemand. „Wir haben keine blutigen Abfichten," wird darauf geantwortet. „Alles, was gefchieht ift der Ausdruck gegenfeitiger Sympathie zweier Nationen. Es kann doch nichts Unrechtes dabei fein, wenn die Repräfentanten einer befreundeten Nation durch die der anderen Nation mit befonderen Ehren empfangen werden? Was kann dabei Unrecht fein, felbft wenn wir zugeben, daß das Bündnis den Schutz vor einem gefährlichen Nachbarn bedeutet, der Europa mit Krieg bedroht?"

Es ift Unrecht, weil es eine Lüge ift: eine freche, nicht zu entfchuldigende, verbrecherifche Lüge.

Es ift eine Lüge, daß die Ruffen für die Franzofen und die Franzofen für die Ruffen plötzlich Liebe empfinden. Es ift eine Lüge, wenn man uns andichtet, daß wir die Deutfchen haffen und ihnen mißtrauen, und eine noch größere Lüge ift es, zu behaupten, daß das Ziel aller diefer unanftändigen und wahnfinnigen Orgien die Aufrechterhaltung des Friedens von Europa fein foll.

Wir wissen alle, daß wir weder früher noch jetzt irgend eine besondere Liebe für die Franzosen oder eine besondere Animosität gegen die Deutschen empfinden.

Man sagt uns, daß Deutschland böse Absichten gegen Rußland habe, daß der Dreibund unseren Frieden und den Europas gefährde, daß unser Bündnis mit Frankreich ein Gleichgewicht der Mächte sichern und eine Garantie des Friedens sein werde. Um aber solch einen Zustand zu erreichen, wäre es notwendig die Mächte mathematisch gleichzustellen.

Wenn das Übergewicht auf Seite der französisch-russischen Allianz wäre, würde die Gefahr dieselbe oder eine sogar noch größere sein. Denn wenn Kaiser Wilhelm, der an der Spitze des Dreibundes steht, eine Gefahr für den Frieden bildet, so wäre dies bei Frankreich, das sich mit dem Verluste seiner Provinzen nicht versöhnen kann, um so mehr der Fall. Der Dreibund wird ein Friedensbündnis genannt, während man uns beweist, daß es ein Kriegsbündnis ist. Ganz ebenso kann das französisch-russische Bündnis als ein Kriegsbündnis betrachtet werden.

Außerdem, wenn der Friede wirklich von dem vollständigen Gleichgewicht der Mächte abhängt, wie lassen sich die Einigkeiten definieren, zwischen denen das Gleichgewicht hergestellt werden soll? England

behauptet, daß das französisch-russische Bündnis eine
Gefahr für seine Sicherheit bilde, die ein neues
Bündnis von seiner Seite erfordere. Und in wie
viel Bündnis-Einigkeiten soll Europa geteilt werden,
damit dieses Gleichgewicht erzielt werde?

In der That, wenn diese Notwendigkeit des
Gleichgewichtes in jeder menschlichen Gesellschaft
bestände, wäre jeder Stärkere eine Gefahr, gegen
die die anderen ein Defensiv-Bündnis eingehen
müßten.

„Was ist Unrecht dabei, wenn Frankreich und
Rußland sich ihre gegenseitige Sympathie ausdrücken?" wird gefragt.

Es ist Unrecht, weil diese Sympathie eine Lüge
ist, und eine einmal gesprochene Lüge endet nie
harmlos.

„Der Teufel war ein Mörder von Anfang an
und wohnte nicht in der Wahrheit." Lüge führt
immer zum Mord, besonders in solchen Fällen.

Das, was jetzt stattfindet, geschah auch vor
unserm letzten türkischen Kriege. Damals sah man
bei den Russen plötzlich eine große Liebe zu gewissen slavischen Brüdern erwachen, von denen
niemand seit Jahrhunderten gehört hatte; denn
Franzosen, Deutsche und Engländer standen und
stehen uns immer unendlich näher, als ein paar
Bulgaren, Serben und Montenegriner. Bei jener

Gelegenheit waren derselbe Enthusiasmus, dieselben Empfänge und Feierlichkeiten zu beobachten, die Männer, wie Aksakow und Katkow, die bereits in Paris als Musterpatrioten erwähnt werden, in Scene setzten. Damals wie jetzt war die plötzlich erwachte Liebe der Russen für die Slaven ein Spiel mit Worten.

Zuerst fing man, so wie jetzt in Paris, damals in Moskau an zu essen, zu trinken, Unsinn zu sprechen, war von den edlen Gefühlen, die man empfand, sehr gerührt, sprach von Einigkeit und Frieden und überging mit Stillschweigen die Hauptsache, den Anschlag gegen die Türkei. Die Presse spornte die Erregung an, allmählich mischte sich die Regierung in das Spiel; Serbien empörte sich; diplomatische Noten und halboffizielle Artikel begannen zu erscheinen. Die Presse log und erfand immer mehr, machte der Reizbarkeit Luft, und zuletzt mußte Alexander II., der thatsächlich den Krieg nicht wünschte, darin einwilligen, und es fand statt, was wir wissen — hunderttausende von unschuldigen Menschen gingen zu Grunde, millionen wurden zu Wilden erniedrigt und aller christlichen Gefühle beraubt.

Was in Paris und Toulon stattfand, führt augenscheinlich zu einem ähnlichen oder noch schlimmeren Gemetzel.

Anfangs trinken, ganz so wie damals, Generale und Minister beim Klange der Marseillaise und der russischen Nationalhymne auf Frankreich und Rußland, zu Ehren verschiedener Regimenter, der Armee und der Flotte; die Presse publiziert ihre Lügen, müßige reiche Leute, die nicht wissen, wie sie ihre Kraft und Zeit verwenden sollen, schwätzen patriotische Reden, rühren Haß gegen Deutschland auf, und zuletzt, wie friedliebend Alexander III. auch sein mag, werden die Umstände sich so fügen, daß es ihm unmöglich sein wird, einen Krieg zu vermeiden, den alle in seiner Umgebung, die Presse, und wie es in solchen Fällen immer scheint, die gesamte öffentliche Meinung verlangen wird. Im Handumdrehen wird die gewöhnliche, verhängnisvolle, lächerliche Proklamation in den Zeitungen erscheinen:

„Wir, von Gottes Gnaden Selbstherrscher aller Reußen, König von Polen, Großherzog von Finnland 2c. verkünden allen unsern treuen Unterthanen, daß wir zum Wohle dieser unserer geliebten, von Gott unserer Sorgfalt anvertrauten Unterthanen es für unsere Pflicht vor Gott erkannt haben, sie auszusenden, zu töten und getötet zu werden. Gott ist mit uns.“

Die Glocken werden läuten; langhaarige Männer werden sich in goldgestickte Säcke kleiden, um für ein erfolgreiches Morden zu beten, — und die furchtbare alte Geschichte wird wieder beginnen.

Exaltierte Menschen werden im Namen des Patriotismus das Volk in den Zeitungen zu Haß und Totschlag aufreizen, froh, daß sich ihr Einkommen dadurch vergrößert. Fabrikanten, Kaufleute, Armeelieferanten werden sich rühren, denn alle erwarten doppelte Einnahmen. Die Regierungsbeamten werden, die Möglichkeit, mehr als gewöhnlich zu unterschlagen, voraussehend, herumschwirren; die Militärbehörden werden sich regen, denn sie werden doppelte Gagen und Rationen beziehen und in der Erwartung leben, für das Hinmorden anderer Menschen verschiedene, alberne Verzierungen zu erhalten, die sie so hoch schätzen: Bänder, Kreuze, Orden und Sterne. Müßige Damen und Herren werden großen Lärm machen, ihren Namen im voraus in der Gesellschaft vom Roten Kreuze eintragen und sich vorbereiten, die Wunden jener zu verbinden, die ihre Gatten und Brüder verunstalten werden; und diese Leute werden sich einbilden, daß sie damit ein höchst christliches Werk thun.

Die Männer aber — von ihrer friedlichen Arbeit, von ihren Frauen, Müttern und Kindern fortgerissen, — hunderttausende von gutmütigen, einfachen Leuten mit mörderischen Waffen in den Händen — werden, die Verzweiflung in ihren Herzen durch Lieder, Schwelgerei und Alkohol erstickend, dahin gehen, wohin man sie führt.

Sie werden marschieren, hungern, frieren, Krankheiten erleiden und daran sterben oder endlich an
einen Ort kommen, wo man sie zu tausenden
töten wird; oder sie werden selbst ohne allen Grund
tausende von Männern töten, die sie vorher nie
sahen und die ihnen vorher nie etwas zu Leibe
thaten oder thun konnten.

Wenn dann die Zahl der Kranken, Getöteten,
Verwundeten so groß sein wird, daß nicht Hände
genug da sein werden, um sie aufzulesen, wenn die
Luft von dem Verwesungsgeruch so infiziert sein
wird, daß selbst die Vorgesetzten es unangenehm
finden werden, wird eine Pause eintreten. Man
wird die Verwundeten, so gut es geht, pflegen,
die Getöteten mit Erde und Lehm bedecken, und
dann wird die ganze Menge betrogener Menschen
weiter und weiter geführt werden, bis die, welche
den Plan entworfen haben, seiner müde sind, oder
bis die, welche daraus Nutzen zu ziehen dachten,
ihre Beute erhalten haben.

Und so wird die Menschheit wieder einmal hart,
wild und tierisch gemacht werden, wird die Liebe
in der Welt abnehmen und die Christianisierung
der Völker, die bereits begonnen hat, wieder für
hunderte von Jahren hinausgeschoben werden.

Und die, die aus all dem Nutzen zogen, werden

behaupten, daß der Krieg notwendig war, weil er stattgefunden hat, und werden die Generation vorbereiten, indem sie ihr von den Kinderjahren an den Kopf verdrehen.

VII.

Da solche patriotische Demonstrationen wie die
Touloner Festlichkeiten, wenn auch nur
aus der Ferne, den Willen der Menschen be-
schränken und sie zu jenen gewöhnlichen Verbrechen
führen, die immer der Ausfluß des Patriotismus sind — muß jeder, der den wahren Zweck
dieser Festlichkeiten begreift, gegen das, was
sie stillschweigend ausdrücken, protestieren. Wenn
daher die Herren Journalisten behaupten, daß
jeder Russe mit dem, was in Kronstadt, Toulon
und Paris stattfand, sympathisiere und daß dieses
Bündnis auf Leben und Tod von dem Wunsche
der gesamten Nation besiegelt werde; wenn der
russische Unterrichtsminister dem französischen Minister
versichert, daß seine ganze Brigade von Kindern,
Beamten und Gelehrten seine Gefühle teile, oder
wenn der Kommandeur eines russischen Geschwaders
den Franzosen versichert, daß ganz Rußland ihnen
für den Empfang dankbar sein werde; wenn Protopopen im Namen ihrer Heerde antworten und behaupten, daß das Gebet der Franzosen für das Wohl

des kaiserlichen Hauses im Herzen der russischen, ihren
Zar so liebenden Nation ein freudiges Echo finde;
wenn der russische Gesandte in Paris, als Vertreter
des russischen Volkes, nach einem Gerichte Fettammern
à la Soubise oder lagopèdes glacés, mit einem
Glase Grand Moët in der Hand behauptet, daß alle
russischen Herzen im Einklang mit dem seinigen
schlagen und von plötzlicher und ausschließlicher
Liebe für Frankreich erfüllt sind — dann müssen
wir, die wir noch nicht Idioten sind, es für eine
heilige Pflicht halten, nicht nur in unserem, sondern
im Namen von zehn Millionen Russen auf das
energischste gegen eine solche Behauptung zu protestieren
und zu erklären, daß unsere Herzen nicht im Einklang mit denen der Herren Journalisten, Unterrichtsminister, Kommandanten der Geschwader, Protopopen und Gesandten schlagen, sondern daß wir
im Gegenteil mit Empörung und Abscheu über
die verderbliche Falschheit und Lüge erfüllt sind,
die sie bewußt oder unbewußt in Wort und
Thal verbreiten. Mögen sie soviel Moët trinken,
als ihnen beliebt, mögen sie so viel in ihrem eigenen
Namen thun: Artikel schreiben und Reden halten,
wie sie wollen, wir, die wir uns als Christen betrachten, können nicht zugeben, daß alles, was diese
Herren sich schreiben und sagen, für uns bindend ist.
Wir können es nicht zugeben, denn wir wissen,

4*

was hier unter all biesem Trinken, bieser Ekstase,
biesen Reben unb Umarmungen verborgen liegt,
bie nicht einer Befestigung bes Friebens bienen
sollen, sonbern, wie wir fest überzeugt sinb, jenen
Orgien unb Schwelgereien öhneln, benen sich bie
Bösen hingeben, wenn sie ein Verbrechen planen.

VIII.

Vor etwa vier Jahren stattete die erste Schwalbe dieses Touloner Frühlings uns auf dem Lande einen Besuch ab. Es war ein wohlbekannter französischer Agitator für einen Krieg mit Deutschland und er kam nach Rußland, um einer französisch-russischen Allianz den Weg zu bahnen. Er kam gerade, als wir dabei waren die Heuernte einzuführen, und als wir beim Frühstück die Bekanntschaft unseres Gastes gemacht hatten, begann er sofort von seinen Feldzügen, seiner Gefangennahme, seiner Flucht zu erzählen; auch daß er geschworen hatte, nie aufzuhören, für einen Krieg mit Deutschland zu agitieren, bis der Ruhm und die Grenze Frankreichs wieder hergestellt sei, und auf diesen Schwur schien er sehr stolz zu sein.

Alle Argumente unseres Gastes in Bezug auf die Notwendigkeit eines Bündnisses Frankreichs mit Rußland, um die frühere Grenze, Macht und Glorie Frankreichs wieder herzustellen und uns gegen die bösen Absichten Deutschlands zu schützen, hatten in unserem Kreise keinen Erfolg.

Frankreich behauptete er, könne nie ruhig sein, bis es seine verlorenen Provinzen zurück- erobert hätte. Wir antworteten, daß auch Rußland nie zur Ruhe kommen könne, bis es sich für Jena gerächt habe, und daß, wenn die Revanche Frank- reichs Erfolg hätte, sich Deutschland rächen müßte, und so ins Unendliche.

Er meinte nun, daß es die Pflicht Frankreichs sei, seine ihm entrissenen Söhne zurückzuerobern; darauf antworteten wir, daß der Zustand der Majorität der arbeitenden Bevölkerung Elsaß-Loth- ringens unter der Herrschaft Deutschlands seit der Zeit, da die Provinzen den Franzosen ent- rissen wurden, keine Veränderung zum Schlimmeren erlitten habe; die Thatsache aber, daß einige Elsässer als Franzosen und nicht als Deutsche registriert zu werden wünschen, und daß er, unser Gast, den Ruhm der französischen Waffen wieder hergestellt sehen wollte, sei kein Grund, das furcht- bare Unheil zu erneuern, das ein Krieg verursachen würde, ja nicht einmal ein einziges Menschenleben zu opfern.

Auf seinen Einwand, daß wir leicht so reden könnten, da wir nie ausgestanden hätten, was Frank- reich ausgestanden habe und daß wir ganz anders reden würden, wenn uns die baltischen Provinzen oder Polen genommen würden, antworteten wir, daß der Verlust der baltischen Provinzen oder Polens in keiner Weise als Unglück betrachtet werden könnte, eher als ein Vorteil, da dadurch die Zahl der zu ihrem Schutze notwendigen Truppen der bewaffneten Macht und damit auch die Staatsausgaben vermindert würden. Vom christlichen Standpunkte aber könne der Krieg nie zugegeben werden, da der Krieg morden verlange, während doch das Christentum nicht nur das Töten verbietet, sondern von uns die Besserung aller Menschen verlangt, da es alle Menschen, ohne Unterschied der Nationalität, als Brüder betrachtet.

Eine christliche Nation, die sich zu einem Krieg anschickt, sollte, sagten wir, der Logik nach nicht nur das Kreuz von ihren Kirchtürmen herabnehmen, die Kirchen zu einem anderen Gebrauche verwenden, der Geistlichkeit andere Pflichten geben, und vor allem das Evangelium verbieten, sondern sie sollte auch alle Ergebnisse der Moral aufgeben, die dem christlichen Gesetze entströmen.

„C'est à prendre ou à laisser" sagten wir. Bis das Christentum vernichtet ist, kann die Menschheit nur durch List und Betrug zum Kriege verleitet werden, wie es jetzt geschieht. Wir, die wir diesen Betrug und diese List sehen, können ihr nicht den Weg bahnen.

Da es während dieser Gespräche weder Musik

noch Champagner, noch sonst etwas gab, das unsere
Sinne verwirrt hätte, zuckte unser Gast bloß die
Achseln und sagte mit der Liebenswürdigkeit eines
Franzosen, daß er für den herzlichen Empfang
dankbar sei, es ihm jedoch leid thue, daß seine
Ansichten nicht ebenso gut aufgenommen wurden.

———

LX.

Nach diesem Gespräche gingen wir wieder auf die
Wiese hinaus. Unser Gast hoffte, bei den
Bauern mehr Teilnahme für seine Ideen zu finden.
Er bat mich, einem alten, kränklichen Bauern, namens
Prokofy, der obwohl er an einem schweren Bruch-
leiden litt, noch immer energisch arbeitete und mit
uns mähte, seinen Feldzugsplan gegen Deutschland
zu übersetzen, der darin bestand, von beiden Seiten,
der russischen und französischen, einen Druck auf
dieses Land auszuüben.

Der Franzose erklärte ihm dies graphisch, indem
er seine weißen Finger auf beide Seiten des groben,
von der Hitze feuchten Hemdes des Mähers drückte.

Ich erinnere mich sehr gut an das gutmütig
erstaunte Lächeln Prokofys, als ich ihm den Sinn
der Worte und der Gesten des Franzosen erklärte.
Offenbar nahm er den Vorschlag, die Deutschen so
zu pressen für einen Scherz, da er nicht begreifen
konnte, daß ein erwachsener und gebildeter Mann
ruhig und nüchtern den Krieg als etwas Wünschens-
wertes hinstellen könne.

„Nun, wenn wir ihn von beiden Seiten preſſen, wird er ja weder vor noch zurück können," antwortete er lächelnd, den vermeintlichen Scherz ebenfalls mit einem Scherze erwiedernd, „wir werden ihn irgendwo herauslaſſen müſſen."

Ich überſetzte dieſe Antwort meinem Gaſte.

„Sagen Sie ihm, daß wir die Ruſſen lieben," bat dieſer nun.

Dieſe Worte ſetzten Prokoſy noch mehr in Er- ſtaunen, als der Vorſchlag, die Deutſchen zu preſſen: er begann mißtrauiſch zu werden.

„Woher kommt er?" fragte er.

Ich antwortete ihm, daß er ein reicher Fran- zoſe ſei.

„Und was führt ihn her?" fragte er.

Als ich ihm antwortete, daß der Franzoſe in der Hoffnung gekommen ſei, die Ruſſen zu über- reden, mit den Franzoſen im Falle eines Krieges mit Deutſchland in ein Bündnis zu treten, ward Prokoſy offenbar ganz mißvergnügt; er drehte ſich zu den Frauen um, die dicht daneben auf einem Heuhaufen ſaßen und rief ihnen mit zorniger Stimme, die unbewußt die durch unſer Geſpräch in ihm erregten Gefühle verriet, zu, das übrige Heu zuſammenzurechen.

„Nun, Ihr faulen Krähen, Ihr ſchlaft ja alle! Es ſcheint Euch garnicht ſo eilig, die Deutſchen

zu bedrängen! Seht her, das Heu ist noch nicht ge-
wendet, da wird am Mittwoch vom Pressen noch
keine Rede sein!" Dann, als fürchte er, unseren
Gast beleidigt zu haben, fügte er, mit einem gutmütigen Lächeln seine abgenutzten Zähne zeigend,
hinzu: „Komm lieber und arbeite mit uns und
bring' auch die Deutschen mit, wenn wir fertig
sind, werden wir ein Fest geben, da können auch die
Deutschen mithalten. So ist's."

Mit diesen Worten nahm Prokofy seine Hand,
mit den hervortretenden Adern, von der Gabel des
Rechens, hob ihn auf die Schulter und ging den
Frauen nach.

„Oh, der brave Mann!" rief der höfliche Franzose
lachend, und damit hatte seine diplomatische Mission
beim russischen Volke vorläufig ein Ende.

Das verschiedene Aussehen dieser zwei Männer:
der eine strahlend von Frische und Eleganz, in
einem Rocke nach neuestem Schnitte, auf dem Kopf
einen hohen Hut, mit seinen weißen Händen,
die nie die Arbeit gekannt haben, demonstrierend,
wie die Deutschen gepreßt werden sollten; der
andere plump, mit Heustaub im Haar, von harter
Arbeit gebeugt, sonnenverbrannt, trotz seines schweren
Gebrechens immer thätig, mit seinen von der Arbeit
geschwollenen Fingern, in seinen weiten selbst
gemachten Beinkleidern, den abgenützten Schuhen

aus Baumrinde, wie er, mit einem großen Heu-
bündel auf dem Rücken, langsam, mit jener Spar-
samkeit der Bewegung, die allen Arbeitern gemein
ist, dahinschritt — dieses so verschiedene Aussehen
beider Männer machte mir damals vieles klar, was
mir seit den Touloner und Pariser Festlichkeiten
wieder lebhaft in Erinnerung gekommen ist.

Der eine repräsentierte die von der Arbeit des
Volkes ernährte und erhaltene Klasse, die zum Dank
dafür jenes Volk als „Kanonenfutter" benutzt;
der andere war eben dieses „Kanonenfutter", das
jene ernährt und erhält, die später mit ihm so
umgehen.

X.

„Aber Frankreich sind zwei Provinzen entrissen, —
einer geliebten Mutter sind ihre Kinder ge-
raubt worden. Rußland kann Deutschland nicht erlauben, ihm Gesetze vorzuschreiben und es seiner
historischen Mission im Osten zu berauben, oder wie
Frankreich Gefahr laufen, seine baltischen Provinzen,
Polen oder den Kaukasus zu verlieren. Deutschland kann nicht von dem Verluste der Vorteile
hören, die es mit solchen Opfern erkauft, und
England wird niemandem seine Suprematie zur
See überlassen."

Nach solchen Worten wird gewöhnlich an-
genommen, daß der Franzose, Russe, Deutsche oder
Engländer bereit ist, alles zu opfern, um die verlorenen Provinzen zurückzugewinnen, seinen Einfluß im Osten zu befestigen, die nationale Einheit zu
sichern und seine Beherrschung des Meeres zu wahren.

Man nimmt an, daß der Patriotismus erstens
ein allen Menschen natürliches, zweitens ein so hoch
moralisches Gefühl ist, daß er allen eingeflößt
werden sollte, die ihn nicht besitzen.

Aber weder das eine noch das andere ist wahr. Ich habe ein halbes Jahrhundert unter dem russischen Volke gelebt, und während dieser Zeit habe ich in der großen Masse der arbeitenden Klasse nicht einmal eine Manifestation oder einen Ausdruck dieses patriotischen Gefühles gesehen oder gehört, wenn man nicht jene patriotischen Phrasen mitzählt, die aus Büchern oder in der Armee auswendig gelernt vom oberflächlichen und verdorbenen Teile der Bevölkerung nachgeplappert werden. Ich habe vom Volke niemals einen Ausdruck des Patriotismus gehört, im Gegenteil, sehr oft Ausdrücke der Gleichgiltigkeit oder sogar Verachtung für jede Art Patriotismus und zwar von den ehrwürdigsten und ernstesten Arbeitern. Dieselbe Beobachtung habe ich bei der arbeitenden Klasse anderer Nationen gemacht und die Bestätigung derselben von gebildeten Franzosen, Deutschen und Engländern erhalten.

Die arbeitenden Klassen sind mit der Sorge um ihren und ihrer Familien Lebensunterhalt zu sehr beschäftigt, und diese Sorge beansprucht so sehr ihre Aufmerksamkeit, daß sie nicht imstande sind, ein Interesse an den politischen Fragen zu nehmen, die dem Patriotismus zu Grunde liegen.

Fragen inbezug auf den Einfluß Rußlands im Osten, die Einheit Deutschlands, die Eroberung

der verlorenen Provinzen Frankreichs oder die
Abtretung irgend eines Stück Landes interessieren
den Arbeiter nicht — nicht nur, weil er zumeist
mit den Verhältnissen, die diese Fragen hervorrufen, nicht vertraut ist, sondern auch, weil seine
Lebensinteressen vom Staate und von der Politik
gänzlich unabhängig sind. Für einen Arbeiter
ist es vollständig gleichgiltig, wo die und die
Grenze festgestellt wird, wem Konstantinopel gehört, ob Sachsen oder Braunschweig ein Glied
des deutschen Bundes ist oder nicht, ob Australien
oder Montebello zu England gehören sollen, —
ja sogar welcher Regierung er Steuer zahlen
oder zu welchem Heere er seine Söhne senden
muß.

Für den Arbeiter ist es aber eine sehr wichtige
Sache, was für Steuern er zu zahlen, wie lange
er in der Armee zu dienen, wieviel er für seinen
Boden zu entrichten hat und wieviel er für seine
Arbeit bekommt — lauter Fragen, die vom staat-
lichen und politischen Interesse völlig unabhängig
sind.

Das ist der Grund, warum trotz der energischen
Mittel, welche die Regierungen anwenden, um den
Patriotismus einzuflößen und den Sozialismus zu
zerstören, der letztere immer weiter in die Massen
des Volkes eindringt, während der eifrig gepflegte

Patriotismus beständig mehr und mehr verschwindet, und jetzt nur mehr einen Besitz der oberen Klassen bildet, denen er von Nutzen ist.

Wenn es manchmal, so wie neulich in Paris, geschieht, daß der Patriotismus auch die Massen ergreift, so rührt das nur davon her, daß diese einem besonderen hypnotischen Einflusse der Regierung und der herrschenden Klassen erliegen. Ein solcher Patriotismus dauert nur so lange, als der Einfluß währt.

So wird zum Beispiel in Rußland der Patriotismus in Form von Liebe und Anhänglichkeit an die Religion, den Zaren und das Vaterland mit außerordentlicher Energie und allen Mitteln der Regierung — der Kirche, Schule, Litteratur und aller Art von pompösen Ceremonien — dem Volke eingeflößt. Die hundert Millionen von Arbeitern sind trotz des unverdienten Rufes der Anhänglichkeit an die Religion, den Zaren und das Vaterland ein Volk, das sich von Patriotismus und solcher Anhänglichkeit nicht düpieren läßt.

Das russische, arbeitende Volk kennt sogar zumeist nicht einmal die offizielle orthodoxe Religion, der es so anhänglich sein soll, und wenn es sie zufällig kennen lernt, verläßt es sie und wendet sich dem Rationalismus zu, das heißt, es nimmt einen Glauben an, der nicht angegriffen werden

kann und nicht verteidigt zu werden braucht. Gegen
den Zaren verhält es sich trotz des beständigen
energischen Drängens auf Anhänglichkeit wie gegen
jede Autorität: entweder mit Mißfallen oder mit
totaler Gleichgiltigkeit. Ein Vaterland, überhaupt
etwas außerhalb seines Dorfes und Kreises kennt
es nicht, oder es macht keinen Unterschied zwischen
diesen und anderen Ländern. So wie früher Russen
nach Österreich oder der Türkei zu emigrieren
pflegten, so gehen sie jetzt mit derselben Gleichgiltigkeit nach der Türkei oder nach China.

XI.

Ein alter Freund von mir, der den Winter allein
auf dem Lande zuzubringen pflegte, während
seine Frau, die er von Zeit zu Zeit besuchte, in
Paris wohnte, sprach während der langen Herbst-
abende oft mit dem Starosten, einem ungebildeten,
aber klugen und ehrwürdigen Bauern, der zu ihm
zu kommen pflegte, um ihm Bericht zu erstatten.
Einst erwähnte mein Freund die Vorteile des
französischen Regierungssystems im Vergleiche zu
dem unserm. Es war kurze Zeit vor dem letzten
polnischen Aufstand und der Einmischung der
französischen Regierung in unsere Angelegenheiten.
Die patriotische, russische Presse spie damals Feuer
und Flamme und reizte die leitenden Kreise so
auf, daß die politischen Beziehungen sehr gespannt
wurden und man von nichts anderem sprach, als
Frankreich den Krieg zu erklären. Mein Freund,
der unter dem Einflusse der Zeitungen stand, erklärte dem Starosten das Mißverhältnis zwischen
Frankreich und Rußland, und da er ein alter Militär

war, sagte er, daß er im Falle der Kriegserklärung
wieder in die Armee treten und gegen Frankreich
kämpfen würde. Zu jener Zeit wurde eine „Revanche"
für Sebastopol von den patriotischen Russen für
eine Notwendigkeit gehalten.

„Warum sollten wir mit ihnen Krieg führen?"
fragte der Bauer.

„Wie können wir Frankreich erlauben, uns zu
diktieren?"

„Nun, Sie sagten ja selbst, daß sie besser
regiert würden wie wir," antwortete der Bauer ganz
ernsthaft, „da mögen sie es jetzt in Rußland ebenso
einrichten."

Mein Freund erzählte mir, daß er von
diesem Argument so verblüfft ward, daß er nicht
wußte, was er antworten sollte, und in Lachen ausbrach, wie einer, der soeben aus einem neckenden
Traume erwacht ist.

Dasselbe Argument kann man von jedem
russischen Arbeiter hören, wenn er nicht betrunken
oder dem hypnotischen Einflusse der Regierung
unterworfen ist. Man spricht von der Liebe des
Russen zum Glauben, Zar und Vaterland, und doch
wird nicht eine einzige Bauerngemeinde in Rußland
zu finden sein, die einen Moment zögern würde,
wenn sie zwischen zwei Dingen die Wahl hätte; in
Rußland, unter dem „Väterchen Zar" (wie er nur

in Büchern genannt wird), bei der heiligen ortho-
doxen Religion des angebeteten Vaterlandes zu
bleiben, aber mit weniger und schlechterem Boden,
oder an einem anderen Orte zu leben ohne den weisen
Zar und ohne die orthodoxe Religion, irgendwo
außerhalb Rußlands, in Preußen, China, Österreich,
aber mit mehr und besserem Boden, — die Wahl
würde, wie wir oft Gelegenheit hatten zu beobachten,
entschieden zu Gunsten des letzteren ausfallen.

Die Frage, wer ihn regieren werde (und er
weiß, daß er unter jeder Regierung ausgeraubt wird),
ist für den russischen Bauer von unendlich geringerer
Bedeutung als die Frage: „Ist der Lehm weich
und wird Kohl darin gedeihen?", vom Wasser gar
nicht zu reden.

Vielleicht nimmt man jedoch an, daß diese
Gleichgiltigkeit der Russen von der Thatsache her-
rührt, daß jede andere Regierung besser wäre als
ihre eigene, weil es in Europa keine schlimmere
giebt. Aber dem ist nicht so; denn so viel ich weiß,
kann man dieselbe Gleichgiltigkeit bei englischen,
deutschen und holländischen Bauern, die nach Amerika
auswandern und bei den verschiedenen Nationen,
die nach Rußland emigrieren, beobachten.

Das Übergehen europäischer Nationen von einer
Regierung zu einer anderen, von der türkischen
Herrschaft zur österreichischen, von der französischen

zur deutschen ändert die Lage der wirklich arbeitenden Klasse so wenig, daß diese Veränderung in
keinem Falle Unzufriedenheit erregen würde, wenn
die Regierung und die herrschenden Stände sie nicht
künstlich hervorbrächte.

————

XII.

Als Beweis für die Existenz des Patriotismus
wird gewöhnlich auf die Manifestationen
des Volkes bei gewissen feierlichen Gelegenheiten
hingewiesen, wie sie zum Beispiel in Rußland bei
der Krönung des Zaren oder nach dem Eisenbahn-
unfalle am 17. Oktober, in Frankreich bei der
Kriegserklärung gegen Preußen, in Deutschland
nach dem Kriege oder während der französisch-
russischen Festlichkeiten stattfanden.

Man muß jedoch wissen, in welcher Weise die
Manifestationen arrangiert wurden. In Rußland
zum Beispiel werden während jeder Reise des Kaisers
Delegierte einer jeder Bauerngemeinde zum Erscheinen kommandiert und für den Empfang und
die Begrüßung des Zaren requiriert.

Der Enthusiasmus der Menge wird zumeist
künstlich von jenen hervorgebracht, die ihn brauchen,
und der Grad der von der Menge zur Schau gestellten Begeisterung ist nur ein Schlüssel zu dem
Raffinement ihrer Kunst. Diese Kunst wird schon

lange Zeit geübt, und daher haben die Spezialisten
darin eine große Geschicklichkeit erlangt.

Als Alexander II. noch Thronfolger war und,
wie es Herkommen ist, das Preobaschenskyregiment
kommandierte, stattete er einmal dem Regimente,
das sich damals im Lager befand, einen Besuch nach
Tisch ab.

Sobald seine Kalesche in Sicht kam liefen
die Soldaten, die sich damals nur im Hemde befanden, hinaus, um ihren „erhabenen Kommandanten“,
wie die Phrase lautet, mit Enthusiasmus zu begrüßen.
Alle rannten dem Wagen nach und viele schlugen
während des Laufes, den Prinzen anblickend, das
Kreuz. Alle, die dem Empfange beiwohnten, waren
von dieser einfachen Anhänglichkeit des russischen
Soldaten an den Zaren und seinen Sohn und durch
die echt religiöse und offenbar spontane Begeisterung,
die sich in ihren Gesichtern, Bewegungen und durch
das Kreuzschlagen ausdrückte, tief gerührt.

Aber all dies war in folgender Weise künstlich
vorbereitet worden.

Nach einer Revue am vorhergehenden Tage
teilte der Prinz dem Brigadekommandanten mit,
daß er das Regiment am nächsten Tage noch einmal
inspizieren würde.

„Wann haben wir Eure kaiserliche Hoheit zu
erwarten?“

„Wahrscheinlich abends, aber bitte, mich nicht zu erwarten, es sollen auch keine Vorbereitungen getroffen werden."

Kaum war der Prinz fort, so berief der Brigadekommandant alle Hauptleute zusammen und gab den Befehl, daß am nächsten Tage alle Soldaten reine Hemden anzulegen hätten und in dem Momente, wo der Wagen des Prinzen in Sicht käme (zu diesem Zwecke sollten besondere Signalleute ausgestellt werden), sollten alle ihm entgegenlaufen, mit Hurrahrufen nacheilen und jeder zehnte Mann einer jeden Kompagnie sich bekreuzigen. Die Fähnriche stellten die Kompagnien auf und kommandierten jeden zehnten Mann, sich zu bekreuzigen. „Eins, zwei, drei . . . acht, neun, zehn — Sidorenko, Du hast Dich zu bekreuzigen. Eins, zwei, drei . . . Iwanow, bekreuzigen!"

So wurde der Befehl ausgeführt und der Prinz und alle, die es sahen, sogar die Soldaten, Offiziere, der Brigadier selbst erhielten den Eindruck einer spontanen Begeisterung.

Dasselbe geschieht, wenn auch weniger peremtorisch überall, wo patriotische Manifestationen stattfinden. So sind die französisch-russischen Festlichkeiten, die uns als der spontane Ausfluß des Nationalgefühls erscheinen, nicht aus eigenem Antriebe erfolgt, sondern durch die französische

Regierung von langer Hand und mit großer Kunst
vorbereitet.

Sobald das Kommen der russischen Flotte be-
stimmt war, bildeten sich (ich citiere wieder nach
dem offiziellen Organ, dem „Cjelsky Wjestnil")
sofort nicht nur in den größeren Städten, auf der
ziemlich langen Route von Toulon nach Paris,
sondern in vielen weit davon entfernten Orten besondere Komitees für die Organisation der Festlichkeiten.

Überall wurden Beiträge gesammelt, um die
Kosten der Begrüßung zu bestreiten; viele Städte
sandten Deputationen an unseren Gesandten in
Paris, um ihn zu bitten, daß es unseren Seeleuten
gestattet werde, sie, wenn auch nur für einen Tag
oder eine Stunde, zu besuchen.

Die Municipalitäten aller jener Städte, die
unsere Seeleute besuchen sollten, bewilligten große
Geldsummen, von mehr als 100 000 Rubeln, um verschiedene Festlichkeiten und Belustigungen zu ver-
anstalten und drückten ihre Bereitwilligkeit, im Notfalle noch größere Opfer zu bringen, aus, um die
Begrüßung so prachtvoll als möglich zu gestalten.
In Paris selbst wurde nebst der von der Muni-
cipalität bewilligten Summe ein großer Betrag von
einem Privatkomitee gesammelt, die französische
Regierung votierte über 100 000 Rubel für den

Empfang der russischen Gäste durch die Minister und Behörden. In vielen Orten, die unsere Seeleute nicht besuchen konnten, wurde beschlossen den 1. Oktober als Festtag zu Ehren Rußlands zu feiern. Eine Anzahl von Städten und Departements sandte besondere Deputationen nach Toulon und Paris zur Begrüßung der russischen Gäste, um ihnen zur Erinnerung an Frankreich Geschenke zu machen oder Adressen zu überreichen.

Der 1. Oktober wurde als Nationalfesttag betrachtet, allen Schulkindern ein Ferientag gewährt und den Soldaten gewisse Strafen erlassen, damit sie sich dieses ersten Oktobers als eines Freudentages in den Annalen Frankreichs erinnern könnten.

Die Eisenbahnen reduzierten, um dem Publikum die Teilnahme an dem Empfange des russischen Geschwaders in Toulon zu ermöglichen, ihre Preise um die Hälfte und veranstalteten Sonderzüge.

Und dann, wenn durch eine Serie gleichzeitig getroffener Maßregeln ein gewisser Teil des Volkes, hauptsächlich der Mob, die städtische Bevölkerung in einen unnatürlich erregten Zustand versetzt wird, heißt es: „Seht, das ist der spontane Ausbruch des Volkswillens!"

Manifestationen, wie die in Toulon und Paris, wie die, die in Deutschland beim Empfange des Kaisers oder Bismarcks oder bei den Manövern in

Lothringen stattfinden, wie die, die in Rußland bei jeder feierlichen Gelegenheit wiederholt werden, beweisen nur, daß die Mittel zur künstlichen Erregung einer Nation gegenwärtig in den Händen der Regierung und der herrschenden Klassen liegen, die jedwelche patriotische Manifestation erzielen können, um sie nachher als den Ausfluß der patriotischen Gefühle des Volkes zu bezeichnen.

Im Gegenteil, nichts beweist so klar den Mangel an Patriotismus im Volke wie gerade diese übertriebenen Maßregeln, die für die künstliche Erregung getroffen werden und die geringen Resultate, die mit so großer Anstrengung erzielt werden.

Wenn patriotische Gefühle einem Volke so natürlich sind, warum dürfen sie sich nicht frei ausdrücken, warum müssen sie durch jedes gewöhnliche und ungewöhnliche Mittel aufgereizt werden?

Wenn man in Rußland nur kurze Zeit den Versuch machen würde, bei Gelegenheit der Krönung des Zaren die Eidablegung des Volkes, die feierlichen Gebete für den Zaren bei jedem Gottesdienste abzuschaffen, die festliche Begehung seines Geburts- und Namenstages mit Illumination, Glockengeläute und gezwungenem Müßiggange zu unterlassen, die öffentliche Ausstellung seines Bildes einzustellen und in Gebetbüchern, Kalendern und Lehrbüchern nicht mehr seinen und die Namen seiner Familie, sogar die

auf sie bezüglichen Fürwörter in großen Buchstaben
zu drucken — wenn man aufhören würde, ihn durch
besonders zu diesem Zwecke veröffentlichten Büchern
und Zeitungen zu verherrlichen, wenn auf das geringste unerbietige Wort gegen ihn nicht mehr Ge-
fängnis stünde — dann würden wir wissen, in
welchem Maße dieses Gefühl in dem Volke, in den
wirklichen arbeitenden Klassen, in Prokofy und
Iwan, den Starosten, lebt, die, wie man sie immer
versichert und wie die Fremden es glauben, den
Zar anbeten, der sie doch den Grundbesitzern und
den Reichen im allgemeinen in die Hände liefert.

So ist es in Rußland; aber mögen in gleicher
Weise die herrschenden Klassen in Deutschland,
Frankreich, Italien, England damit aufhören, wo-
mit sie so beharrlich Patriotismus, Anhänglichkeit
und Gehorsam an die bestehende Regierung einflößen
wollen, so würden wir sehen, inwieweit der sogenannte Patriotismus den Nationen unserer Zeit
natürlich ist.

Aber nun — von Kindheit an wird das Volk
durch alle nur möglichen Mittel — Schule, Kirche,
Predigten, Reden, Bücher, Zeitungen, Lieder, Monu-
mente — nach einer Richtung verdummt. Dann,
wenn durch Gewalt oder durch Bestechung mehrere
tausend Leute versammelt sind und diese, vermehrt
durch Müßiggänger, die sich zu jedem Schauspiel

drängen bei dem Donner der Kanonen und dem
Klange der Musik, erhitzt durch den Glanz und
Schimmer ringsum, anfangen zu schreien, was
andere ihnen vorschreien, so heißt es, daß das der
Ausdruck des Gefühls der ganzen Bevölkerung ist.

Aber erstens sind diese Tausend oder selbst Zehn-
tausend, die bei diesen Gelegenheiten Vivat schreien,
bloß ein zehntausendstel der ganzen Nation; zweitens
wird der größte Teil dieser Tausende, die da
schreien und die Hüte schwenken, wenn auch nicht
wie in Rußland durch Gewalt versammelt, so doch
künstlich durch irgend einen Köder angelockt; drittens
wissen von allen diesen Tausenden kaum hundert,
was wirklich vorgeht, und die Majorität würde
ebenso für die genau entgegengesetzte Absicht de-
monstrieren; und viertens ist die Polizei anwesend
und hat die Macht, sofort jeden stillzumachen, der
es versuchen würde, in einer von der Regierung
nicht gewünschten Art zu schreien, wie es während
der französisch-russischen Festlichkeiten geschah.

In Frankreich wurde der Krieg mit Rußland
unter Napoleon I., dann der eben bekämpfte Alexander I., dann die Verbündeten mit ganz demselben
Eifer begrüßt; die Bourbons wurden in derselben
Weise bewillkommnet, wie das Haus Orleans, die
Republik, Napoleon III. und Boulanger, und Rußland akklamiert in gleicher Weise heute Peter,

morgen Katharina, Paul, Alexander, Constantin, Nikolaus, den Herzog von Leuchtenberg, die slavischen Brüder, den König von Preußen, die französischen Matrosen und alle, denen die Regierung einen prächtigen Empfang zu bereiten wünscht. Ganz dasselbe hat in England, Amerika, Deutschland und Italien stattgefunden.

Was in unserer Zeit Patriotismus genannt wird, ist einerseits eine gewisse geistige Neigung, die von der bestehenden Regierung durch Schulen, Religion und eine subsidierte Presse beständig unterhalten wird, andererseits eine temporäre Erregung der auf dem niedrigsten moralischen und intellektuellen Standpunkte stehenden Volksklasse, die von den herrschenden Klassen durch besondere Mittel erzeugt und zuletzt als der permanente Ausdruck des Volkswillens ausgegeben wird.

Der Patriotismus der von einer fremden Macht bedrückten Staaten bietet keine Ausnahme von dieser Regel, er ist den arbeitenden Klassen ebenso unbekannt und wird ihnen von den höheren Klassen bloß künstlich eingeflößt.

XIII.

„Aber wenn das gemeine Volk nicht das Gefühl des Patriotismus besitzt, so rührt das davon her, daß dieses erhabene, jedem Gebildeten eigene Gefühl in ihm noch nicht entwickelt ist. Wenn es den Adel dieses Gefühls nicht besitzt, muß es in ihm gepflegt werden und das thut die Regierung.“

So sprechen gewöhnlich die herrschenden Klassen, und sie sind so überzeugt, daß der Patriotismus ein edles Gefühl ist, daß das einfache Volk, dem es unbekannt ist, sich für strafbar hält und sich daran zu gewöhnen sucht oder wenigstens sich so stellt.

Worin besteht aber dieses erhabene Gefühl, das der Ansicht der herrschenden Klassen nach im Volke auferzogen werden soll?

Dieses Gefühl ist sehr einfach zu definieren; es ist das Vorziehen des eigenen Landes oder der eigenen Nation vor allen anderen, ein Gefühl, das seinen vollsten Ausdruck in dem deutschen Liede „Deutschland, Deutschland über Alles“ findet; man braucht nur die zwei ersten Worte mit Rußland,

Frankreich, Italien oder dem Namen eines anderen
Landes zu vertauschen und man hat die Formel
für das erhabene Gefühl des Patriotismus gefunden.

Es ist ja ganz gut möglich, daß ein solches
Gefühl sowohl für die Regierung erwünscht und
nützlich, wie für die Erhaltung des Staates notwendig ist, aber man muß einsehen, daß dieses
Gefühl nicht ein erhabenes, sondern ein dummes
und unmoralisches ist. Dumm, denn wenn jedes
Land sich allen anderen überlegen halten wolle,
müßten alle Länder bis auf eines im Irrtum sein,
und unmoralisch, weil es alle, die es besitzen, dahin
führt, ihr eigenes Land und ihre Nation auf Kosten
jeder anderen zu übervorteilen — eine Neigung, die
in vollkommenem Widerspruch zu dem von allen
anerkannten moralischen Grundgesetze steht: „Was
du nicht willst, das man dir thu', das füg' auch
keinem andern zu!"

Der Patriotismus mag in der alten Welt, wo
er den Menschen bewog, dem höchsten Ideal seiner
Zeit, dem Vaterland zu dienen, eine Tugend gewesen sein. Wie aber kann der Patriotismus heutzutage eine Tugend sein, wo er von den Menschen
ein unserer Religion und Moral gerade entgegen-
gesetztes Ideal, nicht Gleichheit und Brüderlichkeit,
sondern die Vorherrschaft einer Nation über alle

anderen fordert? Dieses Gefühl ist in unseren
Tagen nicht nur keine Tugend, sondern unzweifelhaft
ein Laster, ja, der wahre Patriotismus kann überhaupt nicht mehr bestehen, denn für seine Existenz
giebt es jetzt weder eine materielle noch eine
moralische Begründung.

Der Patriotismus mochte einen gewissen Sinn
haben in der alten Welt, wo die Völker in ihrer
Zusammensetzung mehr oder weniger gleichförmig,
eine Staatsreligion bekannten, sich der unbeschränkten
Autorität eines vergötterten Staatsoberhauptes unter-
warfen und eine Art Insel in einem Ocean von
Barbaren bildeten, die sie zu überschwemmen suchten.

Es ist begreiflich, daß der Patriotismus, d. h.
der Wunsch, sich vor den Angriffen der Barbaren
zu schützen, die nicht nur bereit waren, die sociale
Ordnung zu zerstören, sondern auch mit Plünderung,
Morden, Sklaverei, Frauenschändung drohten, unter
solchen Umständen ein natürliches Gefühl war,
und es ist begreiflich, daß unter solchen Umständen
die Menschen, um sich und ihre Landsleute zu verteidigen, die eigene Nation einer anderen vorziehen,
ein Gefühl des Hasses gegen die sie umgebenden Barbaren hegen und sie aus Notwehr vernichten konnten.

Welche Bedeutung kann jedoch dieses Gefühl
in unserer christlichen Zeit haben?

Warum sollte ein Mann unserer Tage diesem

6

Beispiele folgen, ein Russe Franzosen oder ein Franzose Deutsche töten, da er, wie ungebildet er auch sein mag, wohl weiß, daß die Männer des Landes oder der Nation, gegen die seine patriotische Feindseligkeit gereizt wird, keine Barbaren sind, sondern Menschen, Christen, gleich ihm, oft desselben Glaubens, die nichts wollen, als den friedlichen Austausch der Arbeit, und die außerdem sehr oft durch Interessen gemeinsamer Arbeit oder durch merkantile oder geistige Beziehungen mit ihm verknüpft sind? So kommt es vor, daß einem Menschen die Bewohner des Nachbarlandes öfter näherstehen und notwendiger sind, als die Angehörigen der eigenen Nation; das ist der Fall bei Arbeitern im Dienste fremder Arbeitgeber, bei Geschäftsleuten, Gelehrten und Künstlern.

Außerdem sind jetzt die Lebensbedingungen so verändert, daß das, was wir Vaterland nennen und was wir von allem anderen unterscheiden sollen, aufgehört hat, ein klarer Begriff zu sein, wie es bei den Alten der Fall war, als die Bürger desselben Landes einer Nationalität, einem Staate, einer Religion angehörten.

Begreiflich ist der Patriotismus eines Ägypters, eines Juden, eines Griechen, der in der Verteidigung seines Landes seine Religion, seine Nationalität, sein Heim und seinen Staat verteidigte.

Worin besteht jedoch der Patriotismus eines Irländers, der sich in den Vereinigten Staaten niebergelassen hat und der durch seine Religion Rom, durch seine Nationalität Irland, durch seine Bürgerschaft den Vereinigten Staaten angehört? In derselben Lage sind die Böhmen in Österreich, die Polen in Preußen, Rußland oder Österreich, die Hindus in England, die Tartaren oder Armenier in Rußland oder der Türkei. Nicht zu reden von der Bevölkerung der eroberten Länder, können homogene Völker, wie Russen, Franzosen, Preußen nicht mehr das Gefühl des Patriotismus besitzen, das den Alten natürlich war, weil die Hauptinteressen ihres Lebens — die Familieninteressen, z. B. wenn ein Mann mit einer Frau einer anderen Nationalität verheiratet ist, die geschäftlichen, wenn sein Kapital im Auslande investiert ist, die geistigen, wissenschaftlichen oder künstlerischen Interessen sehr oft nicht mehr in den Grenzen des eigenen Landes, sondern außerhalb, vielleicht gerade in dem Staate liegen, gegen den seine patriotische Feindseligkeit erregt wird.

Der Patriotismus ist jedoch heutzutage hauptsächlich deshalb unmöglich, weil, wie sehr wir uns auch seit achtzehn Jahrhunderten bestreben, die Bedeutung des Christentums zu verbergen, es nichtsdestoweniger in unser Leben gedrungen ist und

es in solchem Grade beherrscht, daß der einfachste
und ungebildetste Mann heutzulage einsehen muß.
daß der Patriotismus mit unseren Moralgesetzen
absolut nicht übereinstimmt.

XIV.

Der Patriotismus war eine Notwendigkeit bei der Begründung und Festigung der Macht jener Staaten, die aus verschiedenen Nationalitäten bestanden und sich gemeinsam gegen die Barbaren verteidigten.

Sobald jedoch das Christentum diese Staaten von innen aus umzuwandeln begann und allen einen gleichen Standpunkt gab, wurde der Patriotismus nicht nur nutzlos, sondern sogar das einzige Hindernis der Einigung zwischen den Nationen, für die sie das Christentum vorbereitete.

Der Patriotismus ist heute die grausame Tradition einer überlebten Periode, die nicht nur kraft des Beharrungsvermögens besteht, sondern auch, weil die Regierungen und leitenden Klassen, die sich bewußt sind, daß nicht nur ihre Macht, sondern auch ihre Existenz davon abhängt, sie beharrlich durch List und Gewalt in dem Volke erregen und erhalten.

Der Patriotismus gleicht heute einem Gerüste, das einst notwendig war, um die Mauern des Ge-

bäubes zu errichten, und das, obwohl es das einzige Hinderniß für die Bewohnbarkeit des Hauses
bildet, nichtsbestoweniger beibehalten wird, weil seine
Existenz gewissen Personen von Nutzen ist.

Seit langer Zeit schon gab und konnte es
keinen Grund zur Uneinigkeit zwischen christlichen
Nationen geben. Man kann sich sogar unmöglich
vorstellen, warum russische und deutsche Arbeiter,
die an den Grenzen oder in den Hauptstädten
wohnen und gemeinschaftlich arbeiten, miteinander
streiten sollten und noch weniger kann man sich
eine Feindseligkeit zwischen einem Bauern aus Kasan
vorstellen, der die Deutschen mit Weizen versorgt,
und einem Deutschen, der ihn mit Sensen und
landwirtschaftlichen Maschinen versieht.

Dasselbe ist der Fall zwischen französischen,
deutschen, italienischen Arbeitern, und sogar lächer-
lich wäre es, von der Möglichkeit eines Streites
zwischen Männern der Wissenschaft, Kunst und
Litteratur verschiedener Nationalität zu sprechen,
die für denselben, von der Regierung und der
Nationalität unabhängigen Gegenstand Interesse
haben.

Die verschiedenen Regierungen können jedoch
die Nationen nicht in Frieden ruhen lassen, denn
die hauptsächlichste, wenn nicht einzige Existenz-
berechtigung der Regierungen ist die Pacifikation

der Nationen und die Beruhigung ihrer gegenseitigen Feindseligkeit.

Aus diesem Grunde schaffen die Regierungen
solche feindselige Beziehungen im Namen des Patriotismus, um dann ihre friedenstiftende Macht zu
zeigen. Ähnlich macht es ein Zigeuner, der, nachdem er seinem Pferde etwas Pfeffer unter dem
Schwanz gesteckt und es im Stalle geschlagen hat,
es herausführt und sich an die Zügel hängend,
stellt, als könne er das feurige Tier nur mühsam
bändigen.

Da wird uns gesagt, daß die Regierungen be-
strebt sind, den Frieden aufrecht zu erhalten. Wie
erhalten sie ihn aufrecht?

Die Leute am Rhein lebten im friedlichen Verkehr miteinander. Plötzlich, infolge gewisser Streitigkeiten und Intriguen zwischen einigen Königen,
beginnt ein Krieg, und wir erfahren, daß die
französische Regierung es für notwendig gefunden
hat, diese friedlichen Leute in Franzosen zu verwandeln. Jahrhunderte vergehen, diese Leute haben
sich an ihre Lage gewöhnt, da plötzlich entsteht
wieder eine Feindseligkeit zwischen den Regierungen
der beiden Länder, unter dem nichtigsten Vorwande
bricht ein Krieg los, und die deutsche Regierung
hält es für notwendig, diese Bevölkerung wieder
als Deutsche zu registrieren. Und nun entwickelt

sich zwischen allen Franzosen und Deutschen ein
gegenseitiges Gefühl des Hasses.

Ein anderer Fall: Deutsche und Russen leben
freundschaftlich an ihren Grenzen und tauschen
friedlich die Früchte ihrer Arbeit aus. Da beginnen sie über dieselben Institutionen, die nur zur
Aufrechterhaltung des Friedens unter den Nationen
bestehen, zu streiten, begehen eine Dummheit nach
der anderen und sind zuletzt nicht imstande, etwas
anderes als eine höchst kindische Art der Selbst-
bestrafung zu finden, um ihren Willen durchzusetzen
und ihren Gegnern einen Possen zu spielen, was
in diesem Falle besonders leicht ist, denn die, die
einen Zollkrieg veranlassen, leiden nicht darunter,
es leiden nur die anderen. Und so entsteht ein
Zollkrieg, wie er vor nicht langer Zeit zwischen
Rußland und Deutschland stattfund. Auf diese
Weise wird zwischen Russen und Deutschen ein
feindseliges Gefühl genährt, das von den französisch-
russischen Festlichkeiten noch mehr entflammt ward
und von einem Momente zum anderen zu einem
blutigen Kriege führen kann.

Ich habe die beiden letzten Beispiele des Druckes,
den eine Regierung üben kann, um Haß zwischen
zwei Völkern zu erregen, erwählt, weil sie in
unserer Zeit stattgefunden haben; aber in der
ganzen Geschichte giebt es keinen Krieg, der nicht

von den Regierungen selbst begonnen wurde, die den Interessen des Volkes, für das ein Krieg, selbst wenn er erfolgreich wäre, immer verderblich ist, gänzlich fernstehen.

Die Regierung versichert das Volk, daß es von der Invasion einer anderen Nation oder von einem Feinde in seiner Mitte bedroht wird, und daß das einzige Rettungsmittel darin bestehe, der Regierung sklavisch zu gehorchen. Diese Thatsache wird ganz deutlich während Revolutionen und Diktaturen gesehen, aber sie besteht überall und immer, wo die Macht einer Regierung besteht. Nachdem die Regierung das Volk von seiner Gefahr versichert hat, unterwirft sie es ihrer Kontrolle, und in diesem Zustande zwingt sie es, andere Nationen anzugreifen. So wird die Behauptung der Regierung in den Augen des Volkes verstärkt: Divide et impera!

Der Patriotismus in seiner einfachsten, klarsten und unzweifelhaftesten Bedeutung ist nichts anderes als ein Mittel der Herrschenden, ihren Ehrgeiz und ihre Wünsche zu befriedigen; für die Beherrschten bedeutet er die Verzichtleistung auf menschliche Würde, Vernunft, Bewußtsein und die sklavische Unterjochung durch die Machthaber. So ist der Patriotismus überall beschaffen, wo er gepredigt wird.

Patriotismus ist Sklaverei.

Jene, welche den Frieden durch Schiedsgerichte
predigen, denken folgendermaßen: Zwei Tiere
können ihre Beute nicht teilen, nur wenn sie darum
kämpfen. Sie machen es wie Kinder und wilde
Nationen; vernünftige Leute aber schlichten ihre
Streitigkeiten durch Argumente, durch Überredung
und indem sie die Entscheidung der Frage an un-
parteiische und vernünftige Personen übertragen.
So sollten heutzulage die Nationen handeln. Dieses
Argument scheint ganz korrekt zu sein. Die
Nationen haben heute die Periode der Vernünftigkeit
erreicht, sie hegen keine Feindseligkeit gegen einander
und könnten ihre Streitigkeiten auf friedlichem Wege
schlichten.

Dieses Argument gilt jedoch nur insoweit, als
es sich auf das Volk selbst bezieht, und zwar nur
auf ein Volk, das nicht unter der Kontrolle der
Regierung steht. Ein Volk jedoch, das sich der Regierung unterwirft, kann nicht vernünftig sein, denn
diese Unterwerfung an und für sich ist ein Zeichen
von Mangel an Vernunft.

Wie kann man von der Vernunft bei Menschen
reden, die vorher versprechen, alles — sogar den
Mord — auszuführen, wenn die Regierungen, das
heißt gewisse Personen, die eine gewisse Stellung
erreicht haben, befehlen werden. Menschen, die solche
Verpflichtungen eingehen und sich ergeben allem

unterwerfen, was ihnen unbekannte Personen in
Petersburg, Wien, Paris, Berlin bestimmen, können
nicht vernünftig genannt werden; die Regierungen
aber, das heißt jene, die im Besitze einer solchen
Macht sind, können noch weniger für vernünftig
gelten, auch läßt sich nichts anderes erwarten, als
daß sie diese wahnsinnige und schreckliche Macht
mißbrauchen und von ihr geblendet werden.

Das ist der Grund, warum Zwistigkeiten
zwischen Nationen nicht durch vernünftige Mittel:
Konventionen, Schiedsgerichte und so weiter ge-
schlichtet werden können, so lange die Unterwerfung
der Völker unter die Regierungen fortdauert, denn
dieser Zustand bringt immer Verderben.

Die Unterwerfung der Völker unter die Regierungen wird jedoch fortbestehen, so lange der
Patriotismus besteht, denn alle Autorität basiert
auf Patriotismus, das heißt, auf der Bereitwilligkeit
der Völker, sich der Autorität zu unterwerfen und
ihre Nation, ihr Vaterland und ihren Staat gegen
angeblich drohende Gefahren zu verteidigen.

Die Macht der französischen Könige über ihr
Volk war auf Patriotismus gegründet; auf ihm
basierte die Macht des Wohlfahrtsausschusses nach
der Revolution; dann die Macht Napoleons, als
Konsul und Kaiser, nach dem Falle Napoleons die
Macht der Bourbons, dann die der Republik, Louis

Philipps, abermals der Republik, dann Napoleons III., wieder der Republik, und auf ihm beruhte zuletzt auch die Macht Boulangers.

Es ist furchtbar, es auszusprechen: aber es giebt und gab nie ein gewaltsames Vorgehen eines Volkes gegen ein anderes, das nicht im Namen des Patriotismus ausgeführt wurde.

Im Namen des Patriotismus kämpften die Russen gegen die Franzosen und die Franzosen gegen die Russen; in seinem Namen bereiten sich jetzt Russen und Franzosen vor, die Deutschen zu bekämpfen und die Deutschen, auf beiden Seiten Krieg zu führen.

Dieses Gefühl führt jedoch nicht nur zu Kriegen. Im Namen des Patriotismus erdrückten die Russen die Polen, die Deutschen die Slaven, töteten die Communarden die Versailler und die Versailler die Communarden.

XV.

Man sollte glauben, daß dank der Ausbreitung
der Bildung, des rascheren und leichteren
Verkehrs zwischen den verschiedenen Nationen, der
Verbreitung der Litteraturerzeugnisse und hauptsächlich der Verminderung der Gefahren von seiten
anderer Nationen, es täglich schwieriger und zuletzt
unmöglich werden sollte, die Täuschung des Patriotismus fortzuführen.

Es steht jedoch leider fest, daß gerade die
Ausbreitung der allgemeinen äußeren Bildung,
gerade der erleichterte Verkehr und die Verbreitung
der Litteraturerzeugnisse von den Regierungen immer
mehr ausgenützt wird und ihnen derartige Mög-
lichkeiten verschafft, das Gefühl gegenseitiger Animosität zwischen Nationen zu entfachen, daß in dem
Grade, als die Nutzlosigkeit und Schädlichkeit des
Patriotismus immer klarer wurde, auch die Macht
der Regierungen und herrschenden Klassen, den
Patriotismus unter dem Volke zu erregen, zunahm.

Der Unterschied zwischen der Vergangenheit und
der Gegenwart besteht einzig in der Thatsache, daß

jetzt eine größere Anzahl von Menschen an den
Vorteilen teilnimmt, die der Patriotismus den
oberen Klassen verschafft, folglich eine größere Anzahl von Menschen sich damit beschäftigt, diesen
erstaunlichen Aberglauben zu verbreiten und zu
stützen.

Je schwerer es einer Regierung wird, ihre
Macht zu bewahren, desto zahlreicher sind die, die
sie teilen.

In früheren Zeiten befanden sich die Zügel
der Macht in den Händen weniger Regierungsleiter,
der Kaiser, Könige, Herzöge mit ihren Soldaten
und Gehilfen; heutzutage nehmen an der Macht
und deren Vorteilen nicht nur die Regierungsbeamten und die Geistlichkeit teil, sondern auch die
Groß- und Kleinkapitalisten, Gutsbesitzer, Bankiers,
Parlamentsmitglieder, Professoren, Gelehrte und
sogar Künstler, vor allem die Schriftsteller und
Journalisten.

Alle diese Leute verbreiten bewußt oder unbewußt die Täuschung vom Patriotismus, die ihnen
unentbehrlich ist, wenn sie die Vorteile ihrer Lage
bewahren wollen; und der Betrug hat dank der
vielen Mittel, die zu seiner Verbreitung zur Verfügung stehen, und weil der Betrüger mehr sind,
denselben Erfolg wie früher, trotzdem es schwerer
geworden ist, zu betrügen.

Vor hundert Jahren gehorchte das ungebildete
Volk, das keine Idee hatte, woraus seine Regierung
bestand, oder von welchen Nationen es umgeben
war, blind jenen lokalen Regierungsbeamten und
Abligen, denen es leibeigen war; die Regierung
brauchte bloß durch Bestechungen und Belohnungen
mit diesen Abligen und Beamten auf gutem Fuß
zu bleiben, um das Volk zu allem zu zwingen,
wessen sie bedurfte. Jetzt, da das Volk zumeist
lesen kann, mehr oder weniger weiß, worin seine
Regierung besteht, und von welchen Nationen es
umgeben ist, wo Arbeiter sehr leicht und häufig von
Ort zu Ort sich bewegen und über das, was in der
Welt geschieht, Bericht erstatten können, genügt
nicht mehr die einfache Forderung, daß die Befehle
der Regierung ausgeführt werden müssen; es ist
daher notwendig, die richtigen Ideen über das
Leben, welche das Volk besitzt, zu verdunkeln und
ihm fremde Ideen über seine Existenz und seine
Beziehungen zu anderen Völkern einzuflößen.

Gerade dank der Entwickelung der Litteratur,
der Bildung und des erleichterten Verkehrs, flößen
die Regierungen, die überall ihre Agenten haben,
vermittelst Gesetzen, Predigten, Schulen, der Presse,
dem Volke überall die seltsamsten und irrigsten
Meinungen über seine Interessen, die gegenseitigen
Beziehungen der Nationen, deren Eigenschaften und

Abfichten ein. Das Volk aber, von der Arbeit fo
erbrückt, daß es weder Zeit noch Kraft befitzt, die
ihm aufgezwungenen Ideen oder die ihm gestellten
Forderungen zu erfaffen und zu prüfen, beugt fich
ohne Murren unter das Joch.

Andererfeits werden Männer aus dem Volke,
denen es gelang, fich von der unaufhörlichen Arbeit
frei zu machen und Bildung zu erlangen, die alfo,
wie man annehmen follte, den an ihnen verübten
Betrug zu durchfchauen vermögen, einer folchen
Menge von Drohungen und Beftechungen von feiten
der Regierung unterworfen, daß fie ohne Ausnahme auf die Seite der letzteren treten, und indem
fie eine gut bezahlte und einträgliche Stellung als
Priefter, Lehrer oder Beamte annehmen, Teil-
nehmer an dem Betruge werden, der ihre Kameraden
vernichtet.

Es ift geradefo, als ob an den Thoren der
Bildung Netze gelegt wären, in denen alle gefangen
werden, die auf irgend eine Weife der von der
Arbeit erdrückten Maffe des Volkes zu entfchlüpfen
vermochten.

Anfangs, wenn man die Graufamkeit diefer
Täufchung begreift, empfindet man unwillkürlich
Empörung gegen jene, die um ihres eigenen Vor-
teils willen diefen graufamen, Seele und Körper
der Menfchen zerftörenden Betrug unterftützen, und

fühlt sich versucht, sie einer schlauen Verschlagenheit zu beschuldigen. Es ist jedoch Thatsache, daß sie täuschen, ohne es zu wollen, bloß weil sie sich nicht anders helfen können. Sie betrügen nicht wie Macchiavelli, sie sind sich nicht einmal dessen bewußt, sondern leben gewöhnlich in der Überzeugung, daß sie etwas Ausgezeichnetes und Erhabenes thun — eine Ansicht, in der sie durch ihre ganze Umgebung noch bestärkt werden.

Freilich sind sie sich bewußt, daß ihre Macht und ihre vorteilhafte Lage auf diesem Betruge basiert, aber sie üben ihn nicht, um das Volk zu täuschen, sondern in dem Glauben, daß sie dem Volke nützen. So sind Kaiser, Könige, Minister mit ihren Krönungen, Manövern, Revuen, gegenseitigen Besuchen, während sie verschiedene Uniformen anziehen, von Ort zu Ort gehen und mit ernstem Gesicht überlegen, wie sie den Frieden zwischen den feindseligen Nationen aufrecht erhalten sollen — Nationen, denen es nicht im Traum einfallen würde, miteinander zu kämpfen — ganz überzeugt, daß das, was sie thun, sehr vernünftig und nützlich ist.

In der gleichen Weise sind die verschiedenen Minister, Diplomaten und Beamten, wenn sie ihre reichen, mit allen Arten von Bändern und Kreuzen geschmückten Uniformen anlegen, während sie mit

7

großer Sorgfalt auf dem besten Papier ihre dunklen,
verwickelten, gänzlich unnützen Mitteilungen, Rat-
schläge, Projekte niederschreiben, fest überzeugt, daß
ohne ihre Thätigkeit die gesamte Existenz der
Nationen stillstehen oder wenigstens verwirrt werden
würde.

Ebenso sind die Militärs, während sie, in
lächerlichen Kostümen steckend, überlegen, mit welchen
Gewehren oder Kanonen die Menschen am raschesten
vernichtet werden könnten, ganz sicher, daß ihre
Revuen und Manöver dem Volke höchst wichtig
und wesentlich sind.

Dasselbe ist der Fall bei Priestern, Journalisten, Verfassern von patriotischen Lehr- und
Schulbüchern, die dafür reichliche Belohnungen erhalten, und ohne Zweifel sind die Veranstalter von
Festlichkeiten gleich den französisch-russischen aufrichtig gerührt, während sie ihre patriotischen Reden
und Toaste halten.

Alle diese Leute thun das, was sie thun, unbewußt,
weil ihr ganzes Leben auf dieser Täuschung beruht,
und weil sie nicht wissen, was sie sonst thun sollten;
überdies finden diese Handlungen die Teilnahme
und Billigung aller jener, in deren Mitte sie leben.
Da sie alle miteinander verknüpft sind, billigen
und entschuldigen sie gegenseitig ihre Handlungen —
der König und der Kaiser die der Soldaten,

Beamten und Geistlichen, und diese wieder die
Handlungen der Kaiser und Könige. Die Bevölkerung, besonders die Stadtbevölkerung aber,
der das, was von allen diesen Leuten gethan wird,
unbegreiflich ist, schreibt ihnen unbewußt eine besondere, fast übernatürliche Bedeutung zu. Das
Volk sieht z. B., daß Triumphbogen errichtet werden,
daß Leute sich mit Kronen, Uniformen, prächtigen
Gewändern schmücken, daß Feuerwerke abgebrannt,
Kanonen abgeschossen, Glocken geläutet werden, daß
Regimenter mit ihren Musikbanden aufziehen, daß
Briefe, Telegramme, Boten von Ort zu Ort fliegen,
und da sie doch nicht glauben können, daß all' dies
(wie es wirklich der Fall ist) ohne die geringste
Nothwendigkeit geschieht, schreiben sie ihm eine be-
sondere, geheimnisvolle Bedeutung zu und empfangen
diese Leute mit Geschrei oder ehrfurchtsvollem
Schweigen. Gerade durch dieses Freudengeschrei
oder diesen schweigenden Respekt aber werden die
Leute, die für all' diese thörichten Handlungen ver-
antwortlich sind, in ihrer Idee noch gestärkt.

XVI.

Seit einiger Zeit bereits beruht die Macht der
Regierung über das Volk nicht mehr auf Gewalt, wie es der Fall war, als eine Nation die
andere unterwarf und durch Waffengewalt beherrschte,
oder die Beherrscher eines unbewaffneten Volkes
eigene Legionen von Janitscharen oder Wachen be-
saßen. Die Macht der Regierung wird bereits seit
längerer Zeit von dem aufrecht erhalten, was man
die öffentliche Meinung nennt.

Es besteht die öffentliche Meinung, daß der
Patriotismus ein schönes, moralisches Gefühl, und
daß es recht und billig ist, unsere eigene Nation,
unseren eigenen Staat für den besten der Welt zu
halten; aus dieser öffentlichen Meinung folgt natürlich eine andere, daß es recht ist, die Kontrolle der
Regierung zu billigen, uns ihr zu unterwerfen, in
der Armee zu dienen und uns in ihre Disciplin
zu fügen, unsere Ersparnisse in Form von Steuern
der Regierung zu geben, uns den Entscheidungen
der Gerichtshöfe zu unterwerfen und die Edikte der
Regierung als göttliches Recht zu betrachten. Eine

solche öffentliche Meinung existiert, und infolge derselben hat sich eine starke Regierungsmacht gebildet, die Millionen Geld, einen organisierten Verwaltungsmechanismus, Post, Telegraph, Telephon, Heere, Gerichtshöfe, Polizei, eine ergebene Geistlichkeit, Schulen, selbst die Presse besitzt, und diese Macht der Regierung erhält wieder in dem Volke die öffentliche Meinung, die für ihre Existenz notwendig ist.

Die Macht der Regierung wird von der öffentlichen Meinung aufrecht erhalten, und mit dieser Macht kann die Regierung mittelst ihrer Organe, ihrer Beamten, Gerichtshöfe, Schulen, Kirchen, sogar der Presse die öffentliche Meinung, deren sie bedarf, immer aufrecht erhalten; die öffentliche Meinung erzeugt die Macht und die Macht die öffentliche Meinung.

Aus dieser Lage scheint es keinen Ausweg zu geben.

Es gäbe auch keinen, wenn die öffentliche Meinung etwas Festes und Unveränderliches wäre und die Regierung imstande sein würde, gerade die Meinung zu erzeugen, deren sie bedarf.

Glücklicherweise ist dem nicht so; die öffentliche Meinung ist erstens nicht permanent und stationär, sondern sie wechselt im Gegenteil fortwährend und bewegt sich zugleich mit dem Fortschritte der Menschheit. Die öffentliche Meinung kann nicht nur nicht nach dem Willen einer Regierung erzeugt werden, sondern sie ist es, die Regierungen erzeugt und ihnen Macht giebt oder entzieht. Es mag scheinen, daß die öffentliche Meinung gegenwärtig stationär und dieselbe ist, wie vor zehn Jahren, daß sie in Bezug auf gewisse Fragen bloß schwankt und zur Vergangenheit wiederkehrt, so z. B. wenn sie eine Monarchie durch eine Republik und eine Republik durch eine Monarchie ersetzt. Dies scheint jedoch nur so, wenn wir bloß den äußeren Ausdruck der öffentlichen Meinung untersuchen, die von der Regierung künstlich erzeugt wird.

Aber wir brauchen nur die öffentliche Meinung in Bezug auf das Leben der Menschen zu betrachten, und wir werden sehen, daß sie nie stagniert, sondern unaufhörlich den Weg wandert, auf dem die ganze Menschheit fortschreitet, sowie trotz Hindernissen und Verzögerungen der Frühling unaufhaltsam der Straße folgt, die die Sonne ihm vorschreibt.

Wenn daher auch dem äußeren Anscheine nach die Lage der europäischen Staaten dieselbe ist wie vor fünfzig Jahren, so sind trotzdem die Beziehungen der einzelnen Völker zu einander ganz verschieden.

Obwohl es jetzt wie damals Souveräne, Truppen, Steuern, Luxus, Armut, Katholicismus, Ortho-

dogie und Luthertum giebt, so existierte dies in früheren
Zeiten, weil es von der öffentlichen Meinung ge-
fordert wurde, während es jetzt besteht, weil die
Regierungen das, was einst eine lebendige öffentliche
Meinung war, künstlich aufrecht erhalten.

Wenn uns diese Bewegung der öffentlichen
Meinung so entgeht, wie die Bewegung des Wassers
im Flusse, wenn wir selbst mit der Strömung treiben,
so rührt das davon her, weil die unmerklichen Veränderungen in der öffentlichen Meinung in uns
selbst vor sich gehen.

In der Natur der öffentlichen Meinung liegt
beständige und beharrliche Bewegung. Wenn sie
uns stationär erscheint, so rührt das davon her,
weil es immer einige giebt, die eine gewisse Phase
der öffentlichen Meinung zu ihrem eigenen Vorteil
ausgenützt haben und nun alle Anstrengungen machen,
ihr den Anschein der Dauer zu geben und die neue
wirkliche Meinung, die im Bewußtsein des Volkes
bereits lebendig, wenn auch noch nicht vollkommen
ausgeprägt ist, zu unterdrücken. Diese Leute, die
an einer abgelebten öffentlichen Meinung festhalten
und die neue verbergen, sind die Mitglieder der
Regierungen und herrschenden Klassen, die den Patriotismus als eine unerläßliche Bedingung des
menschlichen Lebens predigen.

Die Mittel, über die diese Leute verfügen, sind

ungeheuer, aber da die öffentliche Meinung fortwährend fließt und wächst, sind diese Mittel ver-
geblich: Die alte verfällt, die neue wächst.

Je länger die Manifestationen einer entstehen-
den öffentlichen Meinung unterdrückt werden,
desto stärker wird sie, desto energischer bricht sie
hervor.

Die Regierungen und herrschenden Klassen
thun alles, was sie können, um die alte öffentliche
Meinung vom Patriotismus, auf der ihre Macht
beruht, zu konservieren und den Ausdruck der neuen,
die sie vernichten würde, zu unterdrücken.

Es ist jedoch nur bis zu einem gewissen Punkte
möglich, die alte zu bewahren und die neue zurück-
zuhalten, geradeso, wie es nur in einem gewissen
Maße möglich ist, fließendes Wasser durch einen
Damm aufzuhalten.

Wie sehr die Regierungen sich auch bemühen
mögen, in dem Volke die einstige öffentliche Meinung
zu erwecken, derzufolge der Patriotismus ein schönes
und edles Gefühl ist, so glauben die Menschen
unserer Zeit nicht mehr an den Patriotismus, sondern erkennen immer mehr und mehr die Solidarität
und Brüderlichkeit der Nationen.

Der Patriotismus verspricht nichts anderes,
als eine furchtbare Zukunft; die Brüderlichkeit der

Nationen repräsentiert ein Jbeal, das der Menjchheit immer verständlicher und wünjchenswerter wird.
Daher muß der Fortjchritt der Menjchheit von der
alten, überlebten öffentlichen Meinung zur neuen
unvermeiblich stattfinden. Diejer Fortjchritt ist jo
unvermeidlich, wie im Frühling das Fallen der
letzten dürren Blätter und das Erjcheinen der neuen
aus den jaftjchwellenden Knojpen.

Je länger diejer Übergang hinausgejchoben wird,
besto unvermeidlicher wird er, besto augenjcheinlicher
jeine Notwendigkeit.

In der That, wir brauchen uns bloß zu erinnern, was wir als Chrijten wie als Männer
unjerer Zeit bekennen, wir brauchen nur an die
Grundgejetze der Moral, von denen unjer jociales,
unjer Familien- und perjönliches Leben geleitet
wird, nur an die Lage benken, in die uns der Patriotismus verjetzt, um zu jehen, in welchem Widerjpruch
zu unjerem Gewijjen wir stehen, und was wir, dank
eines energijchen Regierungseinflujjes, als die öffentliche Meinung unjerer Zeit erachten.

Man braucht bloß die gewöhnlichsten Forderungen des Patriotismus, die als etwas ganz Ge-
wöhnliches und Natürliches hingestellt werden, zu
unterjuchen, um zu verstehen, in welchem Maße
diese Forderungen von der wirklichen öffentlichen

Meinung, die alle bereits teilen, abweichen. Wir alle halten uns für gebildete, freie, humane Menschen, selbst für Christen, und doch sind wir alle in einer solchen Lage, daß wenn Wilhelm sich durch ein Wort Alexanders beleidigt fühlt, Herr N. oder Herr M. einen kriegerischen Artikel über die Orientfrage schreibt, Prinz So und So einige Bulgaren oder Serben plündert, diese oder jene Kaiserin durch irgend etwas beleidigt wird, wir alle, gebildete, humane Christen hingehen und Leute töten müssen, von denen wir gar nichts wissen, denen wir ebenso freundschaftlich gesinnt sind, wie der übrigen Welt.

Und wenn ein solches Ereignis noch nicht stattgefunden hat, so danken wir es, versichert man uns, der Friedensliebe Alexanders III. oder dem Umstande, daß Nikolaus Alexandrowitsch die Enkelin Viktorias heiraten wird.

Wenn sich jedoch zufällig ein anderer im Zimmer Alexanders befände, oder wenn die Stimmung Alexanders selbst umschlüge, oder wenn Nikolaus Alexandrowitsch Amalie statt Alice heiraten würde, da würden wir wie wilde Tiere aufeinander losstürzen und uns den Bauch aufschlitzen.

Das ist angeblich die öffentliche Meinung unserer Zeit, und solche Argumente werden in jedem liberalen und vorgeschrittenen Organe der Presse wiederholt. Wenn wir, die wir seit mehr als tausend Jahren Christen sind, einander noch nicht den Hals abgeschnitten haben, so kommt das davon her, weil Alexander III. es nicht erlaubt. Aber das ist furchtbar!

XVII.

Um die größten und wichtigsten Veränderungen in der Exiſtenz der Menſchheit herbeizuführen, bedarf es weder der Heldenthaten, noch der Bewaffnung von Millionen von Soldaten, der Herſtellung neuer Straßen und Maſchinen, der Veranſtaltung von Ausſtellungen, der Organiſation von Arbeitervereinigungen, der Revolutionen, Barrikaden, Explosionen oder der Vervollkommnung der Luftſchiffahrt, ſondern es genügt eine Veränderung in der öffentlichen Meinung.

Und um dieſe Veränderung herbeizuführen, bedarf es weder beſonderer Geiſtesanſtrengung noch der Abſchaffung von irgend etwas Beſtehendem oder der Erfindung von etwas Neuem; es genügt, wenn wir aufhören, der irrigen, bereits abgeſtorbenen öffentlichen Meinung zu gehorchen, die die Regierung künſtlich unterhält, es genügt, wenn jedes Individium ſagt, was es fühlt und denkt, oder wenigſtens nicht das ſagt, was es nicht denkt.

Wenn nur ein kleiner Teil der Menſchen dies ſofort aus eigenem Antriebe thäte, würde die abgenutzte, öffentliche Meinung von selbst abfallen und eine neue, lebendige, wirkliche zu Tage treten. So wie aber die öffentliche Meinung sich einmal verändert hat, wird auch der innere Zustand des menschlichen Lebens, der so qualvoll ist, sich ebenfalls ändern.

Es ist eigentlich beschämend zu sagen, wie wenig notwendig ist, um alle Menschen von dem Elend zu befreien, das sie bedrückt: es darf nur nicht gelogen werden.

Wenn die Menschen nur der Lüge überlegen wären, die ihnen eingeflüstert wird, wenn sie sich weigern würden zu sagen, was sie weder fühlen noch denken, würde sofort eine solche Veränderung in der ganzen Organisation unseres Lebens eintreten, wie sie alle Anstrengungen der Revolutionäre in Jahrhunderten nicht herbeiführen könnten, selbst wenn sie die höchste Macht besäßen.

Oh, wenn die Menschen nur glauben wollten, daß die Stärke nicht in der Gewalt, sondern in der Wahrheit liegt, wenn sie nur nicht in Wort und That davor zurückschrecken, wenn sie nicht sagen würden, was sie nicht denken und fühlen, wenn sie nicht thäten, was sie selbst als thöricht und unrecht erkennen!

Aber was liegt daran, wenn man „Es lebe Frankreich!" oder „Hurrah" für irgend einen König

ober Sieger ruft? Ober welche Bebeutung hat es,
wenn man einen Artikel schreibt, um die französisch-
russische Allianz ober einen Zollkrieg zu verteibigen,
ober um Deutsche, Russen ober Engländer zu labeln?
Ober was ist benn babei, wenn man einem patriotischen Feste beiwohnt unb auf die Gesunbheit von
Leuten trinkt, bie man nicht liebt, unb bie uns
nichts angehen? Ober was liegt baran, wenn man
ben Nutzen unb bie Trefflichkeit von Verträgen unb
Bünbnissen zugesteht ober schweigt, wenn bie eigene
Nation in unserer Gegenwart in ben Himmel ge-
hoben, andere hingegen verhöhnt unb beschimpft
werben? Ober wenn ber Katholicismus, bie Ortho-
borie, bas Luthertum gepriesen ober Krlegshelben
wie Napoleon, Peter, Boulanger ober Skobeleff
bewunbert werben?

All bies scheint in ber That im großen unb
ganzen sehr unwichtig zu sein; unb boch, wenn wir
biese unwichtigen Dinge unterlassen, wenn wir, soweit es uns möglich ist, beren Unvernünftigkeit
beweisen, so liegt barin unsere größte, unwiber-
stehlichste Macht, jene Macht, bie bie wirkliche
öffentliche Meinung bilbet, jene Meinung, bie, inbem
sie fortschreitet, bie ganze Menschheit mit sich fort-
bewegt.

Die Regierungen wissen bas unb sie zittern
vor bieser Macht; auf alle nur mögliche Weise be-

mühen sie sich, ihr entgegen zu haudeln oder in ihren Besitz zu gelangen.

Sie wissen, daß die Stärke nicht in der physischen Gewalt, sondern im Gedanken und dessen klaren Ausdruck liegt; daher fürchten sie sich vor dem Ausbrucke des unabhängigen Gedankens mehr als vor einer Armee, und aus diesem Grunde setzen sie die Censur ein, bestechen sie die Presse, und monopolisieren sie die Kontrolle über Kirche und Schule. Aber die geistige Kraft, die die Welt bewegt, entgeht ihnen; sie befindet sich weder in Büchern noch Zeitungen, sie kann nicht eingeschlossen werden, sie ist immer frei, sie besteht in der Tiefe des menschlichen Bewußtseins. Diese gewaltigste, freie Macht, die nicht gefangen werden kann, ist jene, die in der Seele des Menschen zu Tage tritt, wenn er, ganz mit sich allein, über die Weltereignisse nachdenkt und diese Gedanken dann in ganz natür- licher Weise seiner Frau, seinem Bruder, seinem Freunde mitteilt, allen, mit denen er in Berührung kommt, und denen die Wahrheit vorzuenthalten er für eine Sünde hält. Weder Milliarden Rubel noch Millionen Truppen, Kanonen, Kriege oder Revo- lutionen werden das hervorrufen, was ein freier Mann hervorrufen kann, wenn er das, was er für recht hält, unabhängig von dem, was besteht oder ihm eingeflüstert wird, einfach ausdrückt.

Ein einziger freier Mann wird wahrheitsgetreu sagen, was er denkt und fühlt, während tausende um ihn durch ihre Handlungen und Worte genau das Gegenteil betätigen. Es scheint nun, daß der, der seine Gedanken so aufrichtig ausdrückt, allein bleiben wird, aber gewöhnlich geschieht es, daß alle übrigen, wenigstens die Majorität, dasselbe gedacht und gefühlt haben, jedoch ohne es auszusprechen.

Und was gestern die neue Meinung eines Mannes war, wird heute die allgemeine Meinung der Majorität. Hat sich aber diese Meinung einmal festgesetzt, so wird sich das Benehmen der Menschheit sofort in unmerklicher Weise, aber unaufhaltsam zu verändern beginnen.

Gegenwärtig fragt sich jeder, selbst wenn er frei ist: „Was vermag ich allein gegen diesen Ocean von Schlechtigkeit und Trug, der uns überschwemmt? Wozu sollte ich meine Meinung äußern? In der That, warum sollte ich überhaupt eine besitzen? Es ist besser, über diese nebeligen und verwickelten Dinge gar nicht nachzusinnen. Vielleicht sind diese Widersprüche sogar eine unvermeidliche Bedingung unserer Existenz, und warum sollte ich allein gegen alles Böse in der Welt ankämpfen? Ist es nicht besser, mit dem Strome zu treiben, der mich fortreißt? Wenn etwas geschehen soll, kann es nicht durch mich allein, sondern in Gemeinschaft

mit anderen gethan werden." So verzichtet ein jeder
auf die mächtigste Waffe — den Gedanken und
seinen Ausdruck — und bemüht sich, eine Waffe zu
finden, die der gemeinsamen Thätigkeit dient, ohne
zu beachten, daß jede gemeinsame Thätigkeit, die
in unserer Welt existiert, gerade auf den Prinzipien
basiert, gegen die er ankämpfen will, und daß beim
Eintritte in die sociale Thätigkeit, die in unserer
Welt besteht, ein jeder, wenn auch nur zum Teil,
verpflichtet ist, von der Wahrheit abzustehen und
Konzessionen zu machen, die die Gewalt der stärksten
Waffe, die ihm im Kampfe beistehen sollte, vernichten.
Das ist gerade so, als würde man einem eine
Klinge schenken, die alles zu durchschneiden vermag,
und er würde die Klinge dazu benutzen, um Nägel
einzuschlagen. Wir klagen alle über die Sinnlosigkeit des Lebens, das mit unserem Wesen nicht im
Einklange steht, und doch weigern wir uns, nicht
nur die einzige, mächtige Waffe, die wir in Händen
haben: das Bewußtsein der Wahrheit und deren
Ausdruck zu gebrauchen, sondern wir zerstören sogar
diese Waffe unter dem Vorwande, das Böse zu
bekämpfen, und opfern sie den Anforderungen
eines imaginären Kampfes gegen diese sociale Ordnung. Der Eine spricht die Wahrheit, die er kennt,
nicht aus, weil er sich gegen die Leute, mit denen
er sich eingelassen, verpflichtet fühlt; ein anderer,

8

weil die Wahrheit ihn der einträglichen Stellung
berauben würde, mit der er seine Familie ernährt;
ein dritter, weil er nach Ruhm und Autorität strebt,
um dann seine Ideen im Dienste der Menschheit zu
verwenden; ein vierter, weil er nicht alle, geheiligte
Traditionen zerstören will; ein fünfter, weil er
andere nicht beleidigen will; ein sechster, weil der
Ausdruck der Wahrheit Verfolgung erwecken und die
ausgezeichnete, sociale Thätigkeit zerstören würde,
der er sich geweiht hat.

Der eine dient als Kaiser, König, Minister,
Regierungsbeamter oder Soldat und redet sich und
anderen ein, daß die in seiner Stellung unvermeidliche Abweichung von der Wahrheit durch das Gute,
das er thut, gut gemacht wird. Ein anderer, der
das Amt eines geistlichen Hirten versieht, glaubt in
der Tiefe seiner Seele nicht alles, was er lehrt, gestattet sich jedoch des Guten halber, das er thut,
die Abweichung von der Wahrheit. Ein dritter lehrt
Litteratur, und trotzdem er in Bezug auf die ganze
Wahrheit Schweigen beobachten muß, um die Regierung und die Gesellschaft nicht gegen sich aufzu-
reizen, zweifelt er nicht an dem Guten, das er thut.
Ein vierter kämpft als Revolutionär oder Anarchist
gegen die bestehende Ordnung und ist ganz überzeugt,
daß die Ziele, die er verfolgt, so wohlthätige sind,
daß die im Interesse seiner Thätigkeit notwendige

Vernachläſſigung der Wahrheit oder ſelbſt die
Lüge die Nützlichkeit ſeines Wirkens nicht zerſtören
können.

Damit die Lebensbedingungen der Menſchen,
die ihrem Gewiſſen widerſprechen, durch neue und
lebendige erſetzt werden, die damit übereinſtimmen,
muß die alte, abgenutzte öffentliche Meinung durch
eine neue und lebendige erſetzt werden. Und damit
dieſe alte, abgenutzte Meinung der neuen, lebendigen
den Platz überläßt, müſſen alle, die ſich der neuen
Lebensbedingungen bewußt ſind, ſie offen ausſprechen.
In Wirklichkeit aber übergehen alle jene, die ſich
der neuen Meinung bewußt ſind, ſie nicht nur mit
Stillſchweigen, ſondern ſie bethätigen durch Wort
und That das genaue Gegenteil.

Nur die Wahrheit und deren Ausdruck können
jene neue öffentliche Meinung einſetzen, die die alte,
verderbliche Lebensordnung verwandeln wird, und
doch ſprechen wir nicht nur nicht die uns bekannte
Wahrheit aus, ſondern ſagen ſogar oft das, was
wir ſelbſt als falſch erkennen.

Wenn die Menſchen nur nicht auf das bauen
würden, was weder mächtig noch frei iſt, nämlich
auf die äußere Macht, ſondern auf das vertrauen
würden, was immer mächtig und frei iſt — die
Wahrheit und deren Ausdruck!

Wenn die Menſchen nur kühn und offen die

8*

ihnen bekannte und klare Wahrheit, daß alle Nationen
verbrüdert und die ausschließliche Hinneigung zum
eigenen Volke ein Verbrechen ist, kühn und offen aus-
sprechen wollten, so würde diese tote, falsche öffentliche Meinung — und von ihr hängt die Macht
der Regierungen und all das von ihnen erzeugte
Unheil ab — wie eine trockene Haut abfallen. Dann
wird die neue öffentliche Meinung hervortreten,
die nur noch auf das Abfallen der alten wartet,
um deutlich und mächtig ihre Forderungen zu stellen
und neue, mit dem Bewußtsein der Menschheit in
Übereinstimmung stehende Existenzformen zu be-
gründen.

XVIII

Wenn die Menschen begreifen könnten, daß das,
was uns als öffentliche Meinung erklärt und
durch solche komplizierte, energische und künstliche
Mittel aufrecht erhalten wird, nicht die öffentliche
Meinung, sondern der leblose Sprößling dessen ist,
was einst öffentliche Meinung war; wenn sie zu
sich selbst Vertrauen hätten, wenn sie glauben wollten,
daß das, was in der Tiefe unserer Seele wohnt,
was in jedem nach Ausbruch ringt und nur nicht
ausgedrückt wird, weil es der angeblich existierenden
öffentlichen Meinung widerspricht, jene Macht ist,
die die Welt verwandelt, und deren Sieg die Mission
der Menschheit ist; wenn sie glauben wollten, daß
die Wahrheit nicht das ist, wovon die Menschen
reden, sondern was das eigene Bewußtsein, d. h.
Gott, spricht — würde sofort die falsche, künstlich
erhaltene öffentliche Meinung verschwinden und eine
neue an deren Stelle treten.

Wenn die Menschen nur das sagen würden,
was sie denken, und nicht, was sie nicht denken,
würde der dem Patriotismus entspringende Aber-

glaube sofort samt den darauf begründeten grausamen
Gefühlen und Gewaltthätigkeiten zusammenfallen;
der von den Regierungen angefachte Haß und die
Feindseligkeit zwischen Nationen und Völkern würden
aufhören, das Lobpreisen des militärischen Helben-
tums, d. h. des Mordens würde ein Ende nehmen,
und, was noch wichtiger ist, man würde aufhören
die Autorität zu respektieren, ihr die Früchte der
Arbeit zu überlassen und sich ihr zu unterwerfen,
da es dafür keinen anderen Grund giebt als den
Patriotismus.

Geschähe dies, so würde die große Masse der
Schwachen, die von der Autorität geleitet werden,
auf die Seite der neuen öffentlichen Meinung
treten, die fortan an Stelle der alten regieren würde.

Mögen die Regierungen die Schulen, die Kirchen,
die Presse, ihre Milliarden von Geld und Millionen
von in Maschinen umgewandelten Menschen behalten:
diese ganze, scheinbar so furchtbare Organisation
brutaler Gewalt ist nichts im Vergleich zu dem Bewußtsein der Wahrheit, das in der Seele eines
einzigen aufsteigt, der die Macht der Wahrheit
kennt, der sie einem zweiten, einem dritten mitteilt,
wie eine Kerze zahllose andere entzündet.

Das Licht braucht nur angezündet zu werden,
und wie Wachs vor dem Feuer wird diese scheinbar
so mächtige Organisation schmelzen und vergehen.

Wenn die Menschen nur die ungeheure Macht
begriffen, die ihnen mit der Wahrheit gegeben ist,
wenn sie nur ihr Erstgeburtsrecht nicht für ein
Linsengericht verkaufen würden! Die Völker sollten
nur ihre Macht begreifen, dann würden ihre Re-
genten es nicht wie jetzt wagen, die Menschen in
die Mulde allgemeinen Gemetzels zu werfen, sie
würden es nicht wagen, vor den Augen einer friedlichen Bevölkerung Revueen und Manöver dis-
ciplinierter Mörder abzuhalten, sie würden nicht
wagen zu ihrem eigenen Nutzen und zum Vorteile
ihrer Gehilfen Zollverträge abzuschließen und auf-
zuheben, noch dem Volke jene Millionen Rubel ab-
zunehmen, die sie unter ihre Gehilfen verteilen und
mittelst deren sie den Mord vorbereiten.

Eine solche Umwandlung aber ist nicht nur
möglich, sondern es ist ebenso unmöglich, daß sie
sich nicht vollzieht, wie es unmöglich ist, daß ein
lebloser, abgestorbener Baum nicht fällt und ein
junger an seine Stelle tritt.

„Den Frieden lasse ich Euch, meinen Frieden
gebe ich Euch. Euer Herz erschrecke nicht und
fürchte sich nicht", hat Christus gesagt. Und dieser
Friede ist wirklich unter uns und hängt von uns ab.

Wenn die Herzen der Menschen nur nicht von
den Versuchungen, denen sie stündlich ausgesetzt sind,
geschwächt würden, wenn sie sich nur nicht durch

jene imaginären Gefahren, mit denen man sie ein-
schüchtern will, erschrecken ließen, wenn das Volk
nur wüßte, worin seine größte, siegende Kraft besteht,
dann würde der Friede, den die Menschheit immer
ersehnt hat — nicht der Friede, der durch diplomatische Unterhandlungen, Reisen, Diners, Reden,
Festungen, Kanonen, Dynamit und Melinit, durch
Steuern, die das Volk erschöpfen, durch die Ab-
lenkung der Blüte der Nation von der Arbeit
errungen wird — sondern der Friede, den jeder
erringt, der die Wahrheit bekennt, schon längst
unter uns herrschen.

Verlag von Hugo Steinitz in Berlin SW.

Julius Stettenheim

Humor und Komik.

Eine Auswahl
der besten Humoresken des berühmten Humoristen.

Preis Mk. 8.—. ❖ Gebunden Mk. 4.—.

Eine bunte Reihe seiner witzigsten Skizzen und drolligsten Aufsätze hat Julius Stettenheim hier vereinigt. Er nimmt längst und unbestritten auf dem Gebiete des deutschen Witzes eine erste Stelle ein; wenigstens in Norddeutschland wird man nicht leicht einen ihm ebenbürtigen Schriftsteller finden, der soviel gute Laune und harmlose Scherzhaftigkeit mit so großer satirischer Schlagfertigkeit und Schärfe vereinigt. „Wippchen" ist die trefflichste Charaktermaske, die er für sein eigenstes Wesen erschaffen. Was er in diesem Bande zu einem Strauße vereinigt hat, ist dem Boden unseres modernen Gesellschaftslebens entsprossen. Seine Wunderlichkeiten wie Originalität, seine Auswüchse wie seine Alltagserscheinungen werden in treffenden Bildern vorgeführt. Die genau beobachtete Wirklichkeit schillert unter Stettenheims Prisma in allen Farbentönen des Humors und der Komik. Das Buch rundet sich zu einer humoristisch-ironischen Darstellung der Berliner „feinen" Gesellschaft ab und wird Lesern wie Leserinnen eine fröhliche und genußreiche Stunde bereiten.

National-Zeitung.

Verlag von Hugo Steinitz in Berlin SW.

Die Lachende Welt!
Blüten des Witzes und Humors aller Nationen.
1. u. 2. Bändchen   à 1.— Mark.

In zwangslosen, handlichen Bändchen soll die „Lachende Welt" als Blütenlese des Witzes und Humors aller Nationen in Poesie und Prosa erscheinen. Es soll darin komisches **Neues**, **wie in Tages-Blättern und Journalen zerstreut Veröffent-lichtes** einen dauernden Platz finden und so weitere Kreises er-freuen und erheitern.

Um bei den Lesern der „Lachenden Welt" auch Interesse für die Mitarbeiterschaft wachzurufen, setzt die Verlags-handlung bei jedem Bande für die besten ihr zugehenden Beiträge

✧ Fünf Preise ✧
und zwar
30 Mk., 25 Mk., 20 Mk., 15 Mk. und 10 Mark
aus.

Bedingungen
zur
Teilnahme an dieser Preisbewerbung sind:

Zusendungen von Witzen, Scherzen, humoristischen Gedichten, Erzählungen, komischen Anzeigen, Gedankensplittern u. s. w. sind an die unterzeichnete Verlagshandlung zu richten und gelangen, soweit dieselben für die Veröffentlichung geeignet befunden werden, im nächsten Bande zum Abdruck.

Die Leser der „Lachenden Welt" sind selbst Preis-richter, indem sie der Verlagshandlung fünf ihnen am besten zusagende Beiträge, innerhalb 6 Wochen nach Erscheinen jeder Sammlung, namhaft machen. Den ersten Preis erhält der Einsender desjenigen Beitrages, auf den sich die meisten Stimmen vereinigen; den zweiten Preis derjenige, auf den die nächstmeisten Stimmen fallen, und so fort. Die Namen der fünf Preisgekrönten werden im nächsten Bande ver-öffentlicht.

An der Preisverteilung nehmen nur die Besitzer der „Lachen-den Welt" teil. Zu diesem Zwecke ist der auf der vorletzten Umschlagseite befindliche Coupon abzuschneiden und mit genauer Adresse versehen jeder Einsendung beizufügen.

So hoffen wir, mit diesem Unternehmen allen Freunden guten Humors einen willkommenen Hausschatz des Scherzes und Witzes zu schaffen, der sie manche Stunde erheitern und erfreuen wird.

Verlag von Hugo Steinitz in Berlin SW.

Realistische Bibliothek.

Fesselnde Unterhaltungs-Lektüre.

Band I. **Leute von heute.** Von Karl Pröll. ℳ 1.50.

Band II. **Berliner Sittenbilder.** Von Max Kretzer. ℳ 1.—.

Band III. **Die Frau Marquise.** Ein Roman von Botho von Pressentin. 3. Aufl. ℳ 2.—.

Band IV. **Eine wie Tausend.** Roman von Conrad Alberti. ℳ 2.—.

Band V. **Die Unbefleckte.** Von Heinr. Landsberger. ℳ 1.

Band VI. **Leidenschaften.** Roman von Botho v. Pressentin. ℳ 2.—.

Band VII und VIII. **Ererbtes Blut.** Roman in 2 Büchern von Helene v. Rakowitza. Brosch. ℳ 10.—. Eleg. geb. ℳ 12.—.

„Ein hervorragender Roman, interessant und fesselnd von Anfang bis zu Ende!“

Band IX. **Das Modell.** Unterhaltende und fesselnde Berliner Geschichten von Benno Jakobson. ℳ 3.—. Geb. ℳ 4.—.

Band X. **Delirien.** Gezeichnet — Das Kind — Vergiftet. Von Friedrich Elbogen, Wien. ℳ 2.—.

Band XI. **Berlins dunkle Existenzen.** Ernstes und Heiteres aus dem Leben und Treiben der Hauptstadt. Von Paul Born. ℳ 1.50.

Band XII. **Weiber.** Von Roberto Bracco. Frei nach dem Italienischen von Lothar Schmidt. ℳ 2.—.

Verlag von Hugo Steinitz in Berlin SW.

Verlag von Hugo Steinitz in Berlin SW.

Interessante Erscheinungen

aus dem Verlage von
Hugo Steinitz in Berlin.

Verlag von Hugo Steinitz in Berlin SW.

Von

Moderne Sünden

erschienen bisher:

Verlag von Hugo Steinitz in Berlin SW.

Von

Graf Leo Tolstoi

erſchienen neu:

Früher erſchienen: